당신이 　　　뉴욕에 산다면
　　　　　멋질 거예요

당신이 뉴욕에 산다면
멋질 거예요

+

사진이 품고 있는
기억과 마음

김창길 지음

이글루

"불멸의 것들은 사진에 찍히지 않는다.
신은 빛이고 오직 인간만이 사진사다."

- 레지스 드브레Régis Debray (프랑스의 철학자)

(+)

이야기의 힘

'총을 든 예수'의 얼굴

이야기는 기술복제시대 이전으로 거슬러 올라간다. 불면증에 걸린 한 황제의 이야기다.

어느 늦은 밤이었던가, 황제는 수석 화가를 불러 하명했다. '자네가 그린 벽화를 모두 지워버리게!' 황망한 신하는 머리를 조아리며 그 이유를 물었다. 황제가 대답했다. '벽화 속의 물소리 때문에 짐이 잠을 잘 수가 없소.'

서구적 시선의 역사를 다룬 『이미지의 삶과 죽음』 '책머리에'에 소개된 이야기다. 작가는 체 게바라Che

Guevara, 1928~1967의 동지였던 프랑스인 레지스 드브레 Régis Debray다. 쿠바 아바나대학의 철학 교수였지만 그는 책상 앞에만 앉아 있는 이론가는 아니었다. 동지의 혁명 전술인 '포코foco 이론'을 탄창 삼아 볼리비아 정글에 뛰어들었던 행동파였다. 의아한 점은, 라틴아메리카의 정글에서 게릴라전을 펼쳤던 실천적 지식인이 훗날 허깨비 같은 이미지에 대해 연구했다는 점이 아니다. 생사고락을 같이했던 동지의 신비하고 강력한 이미지를 간과한 채 아주 먼 나라의 황제에 얽힌 비화를 출발점으로 이미지의 역사를 다루었다는 것이다.

체 게바라의 이미지는, 레지스 드브레의 말을 빌리자면, 무덤에서 걸어 나왔다. 게바라가 세상을 떠난 이듬해인 1968년, 세계 곳곳에서 일어난 사회변혁 운동의 기수에 그의 얼굴이 등장했던 것이다. 반전과 평화, 남녀평등, 인권을 외치던 시위대의 파도 위에서 체 게바라의 얼굴이 일렁이고 있었다. 사자 갈기 같은 머리를 휘날리며 먼 곳을 응시하는 혁명 사령관의 모습이었다.

셔터를 누른 이는 피델 카스트로Fidel Castro, 1926~2016의 전속 사진사 알베르토 코르다Alberto Korda, 1928~2001였다. 1960년에 열렸던 아바나 화물선 추모 집회에서 우연히 포착되었다. 알베르토 코르다는 연단 위에서 연설하는 카스트로를 사진에 담고 있었다. 그러던 중 그의 렌즈에 어떤 강렬한 기운이 엄습했다. 체 게바라의 인광燐光이었다. 코르다는 흠칫 물러나며 셔터를 눌렀다. 본능적인 동작이었기에 가로 사진으로 찍혔다. 필름 속의 얼굴은 그가 세상을 떠난 직후에나 빛을 본다. 동지의 정글 비망록『체 게바라의 볼리비아 일기』표지에 실린 것이다. 원본인 가로 사진을 세로로 크로핑cropping했다. 콘트라스트contrast도 강해졌다. '총을 든 예수'라는 독일의 한 저항 시인의 묘사는 바로 이 사진을 두고 말했을 것이다.

소수 전위부대의 게릴라전으로 새로운 사회를 만들 수 있다는 믿음이 국경을 넘어 젊은 피를 들끓게 하던 시절은 지났다. 신좌파의 상상력이 순진하고 낭만적으로 느껴지는 시대인 것이다. 체 게바라의 인광도 예전 같지 않다. 혁명의 아이콘이었던 체 게바라의 얼굴이 안전하게 살균 처리되었기 때문이다. 그의 얼굴은 이제 적군에게 공포를 일으키지 않는다. 거꾸로 그들이 동지의 얼굴을 이용하는 시대가 도래했다. 다른 세상을 꿈꾸던 신좌파의 기수에 섰던 체 게바라의 얼굴은 머그컵과 티셔츠 전면에 복제되었다. 쿠바에 가면 꼭 사야 할 기념품인 것이다. 이미지의 삶과 죽음도 결국 자본주의 논리에 의해 결정되는 것일까?

용산에서 걸려온 전화

최근에 일어났던 크로핑된 사진에 얽힌 일화를 하나 더 꺼내본다. 대통령의 얼굴 사진에 대한 에피소드다. 말 그대로 짤막한 토막 기사라고 생각했다. 하지만 '대통령 얼굴 사진 잘려 유감'이라는 나의 기자 메모 기사는 정치권의 논평과 다른 언론사의 해설 기사로 퍼져나갔다.

대통령실 대외협력비서관실에서 전화가 왔다. 1면에 작게 들어간 윤석열 대통령의 얼굴 사진이 위와 아래가 잘려나가서 유감이라는 내용이었다. 머리가 아찔했다. 지금 내가 사는 나라가 북한이 아닐 터인데……. 많은 이야기를 쏟아내고 싶었지만, 출근길 버스 안의 분위기가 정숙했던 터라 일단 알았다고 대답하고 전화를 끊었다.

대한민국 대통령의 얼굴 사진에 대한 언론 보도 지침을 대통령실이 따로 마련해놓은 것일까? 문재인 전 대통령의 취임 첫날을 다룬 2017년 5월 11일의 『경향신문』 지면을 살펴보았다. 2면에서 10분 단위의 빡빡한 일정을 정리했는데, 사진은 4장이 시간 순서대로 실렸다. 이 중 3컷은 문재인 전 대통령의 머리 부분이 잘려나간 사진이었다.

대통령실의 감각이 김일성이나 김정일을 우상화하

는 북한 정권의 태도와 별반 다르지 않아 보인다. 북한
은 최고지도자의 초상 사진이 걸려 있는 곳을 배경으로
사진을 찍을 때 지도자의 모습이 잘려나가는 것을 금지
한다. 이미지를 실재와 혼동하는 것이 바로 우상 숭배
다. 2003년 대구 유니버시아드 대회에 참석했던 북한
응원단의 해프닝을 기억하는가? 거리에 걸린 김정일 위
원장의 사진이 담긴 현수막이 비를 맞고 있다고 눈물을
흘리며 사진을 회수하던 북한 응원단원의 모습 말이다.

우상, 즉 아이돌idol은 신을 닮은 형상이란 뜻을 갖고
있었다. 감히 신을 흉내냈기에 우상은 숭배가 금기시되
고 더 나아가 파괴되어야 마땅하다. 푸닥거리를 해서라
도 내쫓아야 할 허깨비가 우상인 것이다. 하지만 어원
으로 거슬러 올라가 지금의 상황을 이해하기에는 시간
의 간격이 너무 크다. 고려해야 할 성분도 그간 많이 끼
어들었다. 우상과 신의 경계는 이제 모호하다. 가령, 대
통령은 실제로 권력의 정점에 있으므로 그의 이미지에
대한 논평 또한 파급력이 클 수 있다는 점을 간과할 수
는 없다.

체 게바라의 초상도 마찬가지다. '우리 시대의 가
장 완전한 인간'이라고 찬양한 장 폴 사르트르Jean Paul
Sartre, 1905~1980의 지적 권위는 체 게바라가 자행한 살
생의 흠결을 덮어주었다. 요컨대, 사진 이미지 고유의

힘이 스스로 작동되어 어떤 인물의 얼굴이 우상화되었다고 간단하게 설명할 수는 없다. 내가 살핀 것은 사진 이미지를 둘러싼 이야기의 전개 과정이다. 망자의 초상이 혁명의 아이콘이 되고, 크로핑된 대통령의 얼굴 이미지를 정치적인 메시지로 해석하는 세부細部의 모습들을 관찰했다.

말로 표현할 수 없는 것

사진 그 자체는 아무 말이 없었다. 롤랑 바르트Roland Barthes, 1915~1980는 『현대의 신화』에서 "사진은 언어의 생략이며, 사회적인 '말로 표현될 수 없는' 모든 것들의 압축"이라고 적는다. JPEG 파일처럼 사진은 압축 과정에서 손실이 발생한다. 눈에 보이던 어떤 것들이 사진에서는 사라진다. 긴 노출 시간이 필요했던 초창기의 사진술은 지금보다 훨씬 더 많은 비주얼이 삭제되었다.

1838년 루이 자크 망데 다게르Louis-Jacques-Mandé Daguerre, 1787~1851가 찍은 파리 탕플대로Boulevard du Temple의 풍경 사진은 오직 한 사람만 제외하고 움직이는 모든 것이 사라져버렸다. 그는 가로수처럼 움직이지 않아 사진 속에 살아남을 수 있었다. 철학자 한병철은 이 오래된 사진을 보며 고요함에 젖어든다.

'뮈에인myein!'은 '신성하게 하다'는 뜻의 그리스어다. '맺다', '닫다'에서 유래했다. 성스러운 예식(리추얼)은 신의 전령이 '고요'를 명령하며 시작되었다고 한병철은 『리추얼의 종말』에서 알려준다. 고요는 "특별한 수용성, 심층적이며 관조적인 주의집중"을 가능하게 한다. 고요 속에서 우리는 "길고 느린 것에 대한 지각"에 도달한다. 『리추얼의 종말』을 보며 나는 사진을 바라보는 행위가 바로 리추얼이라고 생각했다.

회랑을 통과해 하얀 방에 들어간다. 발걸음은 사진 앞에서 멈춘다. 고해성사를 하듯이 고개를 잠시 숙인다. 앞서 보았던 이미지의 잔상이 없어지기를 기다린다. 고개를 들어 사진을 물끄러미 바라본다. 다시 이어지는 짧은 고해성사. 그리고 고개를 들어 사진의 세부를 관찰한다. 회랑 끝에 놓여 있는 작가 노트를 읽는다. 집으로 돌아와 사진집에 인쇄된 똑같은 사진들을 넘겨본다. 거기에 수록된 누군가의 비평을 엿본다. 그가 인용한 다른 이의 글을 보러 도서관을 기웃거린다.

'저렇게 하면 되겠구나'라는 생각이 드는 글을 쓴 작가들이 있다. F. 스콧 피츠제럴드F. Scott Fitzgerald, 1896~1940는 단편소설 「바다로 간 해적」에 다음과 같은 문장을 남겨놓았다. "그 꿈은 푸른색 실크 스타킹처럼 선명한 빛깔이었고, 하늘 아래에서는 어린아이들 눈동자의 홍채처럼 파랬다. 하늘의 서쪽 절반에서부터 태양이 작은 황금빛 원반을 바다에 던지고 있었다."

나는 상상했다. 해 질 무렵의 플로리다 해변을 찍은 어떤 사진을 보며 펜을 끄적이는 피츠제럴드의 모습을. 모든 것의 압축인 사진을 말로 풀어놓는 시도는 '처럼', '같이'와 비슷한 발상이 필요했다. 말과 말의 관계를 표현하는 품사인 조사처럼 사진과 말을 연결해야 했다. 보이지 않는 꿈을 보이게 하고 말하게 하려면 그러한 연결이 필요했다. 비유, 은유, 상징과 우화들……. 비평가를 흉내내기보다는 문학적 상상력을 활용하는 편이 사진을 둘러싼 이야기를 풍성하게 해줄 것이라고 나는 믿었다.

'김창길의 사진공책'이라는 간판을 달고 신문에 연재되었던 글이 이 책의 바탕이 되었다. 이 바탕의 근간은 글을 쓰도록 호기심을 불러일으킨 사진이다. 그러므로 사진작가들에게 감사할 뿐이다. 사진 수록을 흔쾌히 허락해주었기에 이 책의 저자는 김창길 이외에 사진작가들의 이름을 추가해야 할 것이다. 가현문화재단, 고은문화재단, 공근혜갤러리, 나눔문화, 동강국제사진제, 피크닉, 한국사진기자협회(현암보도사진연구기금) 관계자에게도 감사의 마음을 전한다.

12
—
13

제2장
기억은 비탈진 골목길에 닻을 내리고 있다
● ● ●

제1장

시간과 겨루기에서

슬프지 않은 것은

없다

천 년의 올리브나무 아래

(+)

박노해의 사진

붉은 광야의 아이들과 '샤이르 박'

요르단강 서쪽 너머 팔레스타인 마을 살피트Salfit에는 우람한 올리브나무들이 자라고 있다. 별다른 일이 없었다면, 지금쯤 살피트에서는 웃음소리와 노랫가락이 울려 퍼졌을 것이다. 10월 말은 올리브 수확철이기 때문이다. 황금빛을 머금은 이곳 올리브가 세계 최고라고 칭찬하는 이도 있다. 올리브 숲을 지나던 한 이방인이 소매를 걷어붙였다. 단단한 나뭇가지 끝에 매달린 생명의 양식들. 도대체 이 나무는 누구를 위해 열매를 내어주는 것일까? 몸을 쓰는 일이 그를 깨우친다. 올리브 수

확은 오직 돈벌이를 위해 하는 일이 아니라고. 이방인은 가슴 주머니 속의 수첩을 꺼내 적는다.

"올리브 숲의 노동"이란 "여기 태어나 지상의 한 인간으로, 역사의 전승자로, 하늘과 땅 사이 온 생명 공동체의 주체로, 나와 우리가 만나서 서로의 존재를 빛내는 일이다."

광야에서 지칠 때면 이방인은 절룩거리며 올리브 숲으로 발걸음을 옮겼다. 올리브 숲은 그의 비밀한 수도원. 이방인은 이곳에서 "천 년의 사랑"을 느낀다.

"올리브나무가 천 년을 살아도 이토록 / 키가 크지 않는 건 사랑, 사랑 때문이다. / 하루하루 온몸을 비틀며 자신을 짜 올려 / 사랑으로 피고 맺은 좋은 것들을 다 / 아낌없이 내어주고 바쳐왔기 때문이다. / 보라, 구멍 나고 주름 깊은 내 모습을. / 내 상처의 성흔聖痕을. 이 모습 그대로가 사랑이니."

붉은 광야의 아이들은 그 이방인을 "샤이르 박"이라고 불렀다. 샤이르는 시인이라는 뜻. 한국에서는 한때 "얼굴 없는 시인"이라 불렸다. 그래도 시집에 이름 석 자는 적어야 했기에 필명을 달았다. 우리는 필명에 간직된 뜻을 기억한다. '박'해받는 '노'동자의 '해'방. 박노해는 "전쟁 같은 밤일을 마치고 난 / 새벽 쓰린 가슴 위로 / 차가운 소주를" 부으며 시를 짓던 노동자다. 독재

〈천 년의 사랑〉, 2005년.
ⓒ 박노해

정권의 금서 조치에도 시집 『노동의 새벽』은 100만 부
가까이 판매되었다.

글깨나 쓰는 노동자만은 아니었다. 사회를 변혁시키
기 위한 단체도 만들었다. '반국가단체 수괴'라는 죄목
으로 사형을 구형받고 환하게 웃으며 법정을 나서는 그
의 사진을 본 이후에야 우리는 '얼굴 없는 시인'의 모습
을 목격할 수 있었다. 시인은 말했다.

"내가 사형장에서 사라지더라도 더 많은 박노해가
나타나 노동자 민중이 주인이 되는 사회를 건설해주길
바랍니다."

1998년 김대중 전 대통령은 시인을 특별사면했다.
7년 6개월이라는 세월 동안 우리 사회는 좀 변했던 것
이다. 시인의 바람처럼 노동자 민중이 주인이 되는 사
회는 아닐 테지만, 반국가단체 '수괴'라는 흉포한 단어
로 생명을 빼앗지 못할 정도의 민주화는 성취했다. 출
소 후, 자기가 유명 인사가 되었다는 사실을 알게 된 시
인은 곤혹스러웠다. 그는 결심했다. "과거를 팔아 오늘
을 살지 않겠다."

생명, 평화, 나눔을 위한 비영리단체 '나눔문화'가 탄
생한 배경이다. 그는 몸소 나눔문화의 정신을 실천하기
위해 반전평화 운동에 뛰어들었다. 미국이 이라크를 침
공한 2003년 전쟁터로 떠났다. 물론, 시인은 전사가 아

니다. 그가 할 수 있는 일은 전쟁으로 고통받는 이들 곁에 있어주는 것뿐이었다.

가난과 분쟁의 뿌리와 지문

국경을 넘자 시인은 한 가지 난관에 봉착했다. 몸은 나라의 경계를 넘어섰지만, 언어는 그럴 수 없었다. 시인에게는 곤혹스러운 일이었다. 그가 항상 지니고 다녔던 2개의 물건이 있다. 수첩과 낡고 작은 필름 카메라. 수첩이 시인의 기억을 보조하는 외장 하드였다면, 카메라는 언어의 장벽을 넘어설 수 있게 해주는 소통의 수단이었다. 같은 장소를 다시 찾은 이방인을 보며 "샤이르 박!"이라고 외치며 반겨주는 이들에게 시인은 첫 번째 방문 때 찍었던 사진을 건네준다.

박노해에게 중요한 것은 시인이나 혁명가의 타이틀이 아니다. 한 인간은 그가 하는 노동이 무엇이냐에 따라 달라진다. 박노해라고 불리는 이가 운전대를 잡으면 노동자이고, 사회변혁을 위해 동료들과 두 손을 불끈 쥘 때는 혁명가가 되는 것이며, 펜을 잡던 손이 카메라를 움켜쥐면 사진가가 될 뿐이다.

박노해의 노동은 사랑이다. 그리고 그가 믿는 유일한 사랑은 "발바닥 사랑"이다. 왜냐하면 "머리는 너무

빨리 돌아가고, 생각은 너무 쉽게 뒤바뀌고, 마음은 날씨보다 변덕스럽기" 때문이다. 하지만 발은 그렇지 않다. 발이 가는 곳에 머리와 가슴도 따라갈 수밖에 없으니까. 발이 가는 곳에서 사람을 만나고 생각하고 느낄 수 있는 것이며, 결국 삶은 달라지게 마련이다. 손이 하는 일도 발의 흔적을 기록하는 일이다. 하나의 손이 펜을 들고 수첩에 적는다면, 하나는 카메라의 셔터를 누른다. 박노해는 "현장에 딛고 선 나의 발바닥, 대지와 입맞춤하는 나의 발바닥, 나의 두 발에 찍힌 사랑의 입맞춤, 그 영혼의 낙인"이 사진이라고 그의 사진집 『나 거기에 그들처럼』의 서문에 적는다.

　참혹한 가난과 분쟁의 현장에서 박노해의 카메라 렌즈는 감각적일 찰나의 장면을 쫓지 않는다. 군인이 총에 맞는 순간이나 상륙 작전의 긴박함, 혹은 독수리가 지켜보는 아사餓死 직전의 어린이를 극적인 구도로 담아내는 것은 보도사진가의 몫이다. 박노해가 사진에 담고자 했던 것은 가난과 분쟁의 뿌리와 지문들이었다. 그는 그들을 연민의 눈으로 바라보지 않았다. 경외의 마음으로 다가서야 온전한 그들의 모습을 알 수 있다. 사진에 대한 깨달음을 박노해는 다음과 같이 적는다.

　"내가 사진 속의 사람들을 찍은 것이 아니라 그들이 카메라를 통해 내 가슴에 진실을 쏜 것이다."

〈나의 나무는〉, 2008년.
ⓒ 박노해

나는 박노해의 글을 읽으며 그에게 사진에 대해 조언을 해주었다는 강운구의 말이 떠올랐다. 강운구는 문인과 예술인의 초상을 담은 사진집 『사람의 그때』 서문에 다음과 같이 적었다.

"결정은 늘 찍히는 이들 스스로가 하는 것이다. 나는 말없이 그 사람들의 행위를 그대로 받아들였다."

나무는 희망이다

쟁쟁한 사진가들이 박노해의 사진 작업을 도왔다. 10여 년간 찍은 사진을 골라준 이는 월간 『사진예술』의 이기명(발행인)이었다. 필름에 담긴 "영혼의 낙인"을 인화한 사람은 흑백사진연구소 유철수(대표)다. 다큐멘터리 사진가 이상엽은 박노해와 어울리는 카메라를 추천했다. 35밀리미터 단렌즈가 달린 작고 낡았지만 튼튼하고 묵직한 필름 카메라였다. 편의성을 따지자면 좋은 점수를 매길 수는 없는 조합이다.

렌즈가 보는 장면과 뷰파인더를 통해 사람의 눈이 보는 장면이 정확하게 일치하지 않는 이안 리플렉스 twin-lens reflex 방식이고, 초점은 수동으로 링을 돌려야 하며, 한 번의 셔터 누름에 한 컷만 찍는다. 먼 것을 당기고, 가까운 것을 더 넓게 보여주지 못하는 단렌즈로

원하는 구도를 담기 위해서는 사진가의 몸이 분주히 움직여야 한다. 한마디로 요약하자면, 셔터를 누르기 전에 충분히 준비하고 생각하지 않는다면 괜찮은 사진을 찍을 수 없는 카메라인 것이다.

이렇게 느러터진 카메라로는 감각적인 장면을 포착하기 어렵다. 하지만 무언가를 기다리고 있는 사진가에게는 아주 적합한 기계일 수도 있다. 그래서 박노해와 제법 잘 어울리는 장비다. 다시 말하지만, 그는 "그 사건이 발생한 삶의 뿌리로 스며들어" 가고자 했다.

지도에도 없는 유민流民의 땅을 밟으며 카메라를 든 시인은 "아름다운 것들은 다 제자리에 있었다"는 것을 깨달았다. 해 질 무렵 들려오는 아잔Adhan(기도) 소리, 집집마다 피어오르는 빵 굽는 연기, 자갈밭에서도 맨발로 축구를 하는 아이들, 사막 지평에 서 있는 올리브나무들……. 천 년을 산다는 올리브나무는 백 년도 살기 힘든 광야의 사람들을 지켜보고 있다. 팔레스타인의 어머니는 올리브 나뭇가지를 손질하며 이렇게 말했다.

"우리에게 많은 일이 있었지요. 땅을 빼앗기고 길을 빼앗기고 앞을 빼앗기고, 아이들이 자라나 청년이 되면 하나둘 죽어가고……."

첫 번째로 올랐던 올리브나무에 기대어 씨익 웃던 12세의 소년 마흐무드는 말했다.

〈팔레스타인의 어머니〉, 2008년.

ⓒ 박노해

"제가 잘못하고 부끄러운 날에는요, 이 나무에 속삭이며 기대 울기도 해요. 저도 이 올리브나무처럼 단단하게 자라서 누군가에게 힘이 되는 사람이 되고 싶어요."

폭격 속에 살아남은 레바논 베이루트의 한 올리브나무는 잿빛 먼지를 뒤집어쓴 채 새잎을 내밀고 있었다. 폐허 더미를 헤치던 여인들은 말했다. '희망의 나무입니다!' 시인은 생각했다. '이것도 희망이라고……. 그래, 이것이 희망이라고.'

박노해의 『올리브나무 아래』는 그의 여섯 번째 사진 에세이집이다. 책에 실린 짧은 글과 사진들은 서울 종로구 '라 카페 갤러리'에서도 감상할 수 있었다. 주홍빛 토분에서 자라는 키 작은 올리브나무 한 그루가 갤러리 입구를 지키고 있었다. 짐작하겠지만, 사진 작품과 책의 판매 수익은 평화와 생명, 나눔의 활동을 위해 쓰인다. 아낌없이 주는 천 년의 올리브나무처럼 말이다.

나는 그의 사진 에세이집을 읽고 전시장을 찾기를 재차 반복했다. 혹시나 카메라를 든 시인을 만날 수 있지 않을까 하는 기대감도 있었기에. 하지만 시인은 산골 마을에 머물며 글을 쓰고 있단다. 지난 30년간 고민했던 '적은 소유로 기품 있게' 살아가는 방법에 대한 철학이다. 매주 화요일 아침에 시를 한 편 보내오기도 한다. 지난 화요일에 발송된 '박노해의 숨고르기'를 몇 자

옮겨본다.

"가을이면 돌아오리라 / 핏빛으로 돌아오리라 / 구멍 뚫린 열매 같은 상처난 몸에 / 하늘빛 받으며 돌아오리라……저문 들길에 어린 것을 등에 업고 / 희망의 씨알로 돌아오리라."

레바논의 팔레스타인 난민촌 '아인 알 할웨Ain Al-Hilweh'에는 '자이투나'라는 이름의 학교가 있다. 자이투나는 올리브라는 뜻이다. 2006년 '나눔문화' 회원들의 도움으로 시인이 세운 학교다. 난민촌에서 보이는 것은 하늘밖에 없었단다. 나무 한 그루 심을 땅조차도 없었다. 그래서 시인은 학교의 이름을 자이투나라고 지었나 보다. 이것도 희망이라고. 그래, 이것이 희망이라고.

이름 없는 길에서 야수가 포효하다

(+)

이정진의 사진

'이스라엘'이라는 단어가 삭제되다

가나안. 누군가에게만 '약속의 땅'이라 불리는 곳. 신은 그곳이 "아름답고 광대한 땅, 젖과 꿀이 흐르는 땅"(「출애굽기」 3장 8절)이라고 『성경』에서 말씀하셨다. 하지만 지금의 가나안은 붉은 피가 흥건히 물들고 있는 땅이다. 지도에 표기된 이름은 세 가지다. 이스라엘, 가자 지구, 요르단강 서안 지구. 가자 지구를 제외한 가나안을 기록해달라고 요청받은 이방의 사진작가들은 그곳을 '이곳This Place'이라고 부르기로 결정했다.

사진 공동 프로젝트 '이곳'에 발을 들여놓은 작가는

12명이다. 이스라엘 민족의 시조인 아브라함을 비롯한 12명의 족장이 다스리던 곳, 동정녀 마리아를 통해 육신으로 인간의 땅을 밟았던 예수님의 제자도 12명이었던 이곳에 12명의 사진가가 모인 것이다. 사진에 연극적인 요소를 도입한 캐나다의 제프 월Jeff Wall, 세계적인 사진가 그룹 '매그넘'의 살아 있는 전설 요세프 쿠델카Josef Koudelka(체코), 컬러 스냅 사진의 거장 스티븐 쇼어Stephen Shore(미국), 독일 현대사진을 대표하는 토마스 스트루스Thomas Struth······.

국적과 스타일이 다른 세계적 사진작가들이 참여한 프로젝트에 한국인의 이름도 섞여 있었다. 미국의 황량한 사막을 한지에 인화해 해외에서 주목받았던 작가 이정진이다. 미국 뉴욕 메트로폴리탄미술관, 휘트니미술관, 워싱턴 국립미술관 등 많은 미술관이 그의 작품을 소장하고 있다. 프로젝트 '이곳'의 자문을 맡게 된 메트로폴리탄미술관의 사진 디렉터 제프 로젠하임Jeff Rosenheim이 이정진을 끌어들였다.

가나안 프로젝트를 기획한 이는 유대계 프랑스인 프레데리크 브레너Frédéric Brenner다. 25년 동안 40여 개 나라에서 디아스포라Diaspora(전 세계에 흩어져 사는 유대인)를 기록했던 사진작가다. 브레너는 가나안에서 "이 땅에 부여된 약속에 의문을 제기"하고 싶었다. 기획자의 혈통 때문이었을까? 그의 의도와 달리 프로젝트를 탐탁지 않게 바라보는 시선이 있었다. 요세프 쿠델카의 지인은 경고했다. 결국은 이스라엘의 선전물이 될 것이라고. 하지만 결과는 반대였다. 12명이 기록한 500여 장의 사진을 바라보는 이스라엘 주류의 시선은 사나웠다. 프로젝트 타이틀에 적었던 '이스라엘'이라는 단어가 삭제되고 '이곳'으로 대체된 사연이다.

보도사진과는 다른 이스라엘과 서안 지구에 대한 새로운 접근법을 모색하는 것이 '이곳' 프로젝트의 목표였다. 토마스 스트루스는 "고독한 인물로서의 예술가에 대한 고전적인 생각은 구식"이라며 프로젝트 취지를 옹호했다. 사진의 역사에서 사진 공동 프로젝트는 의미 있는 결과를 남겨놓았다.

사진술의 발명가 중 한 명인 이폴리트 바야르Hippolyte Bayard, 1801~1887가 참여했던 1851년의 '미션 헬리오그래프Mission Héliographique'는 프랑스의 역사적 기념물들을 기록한 프로젝트였다. 대공황 시절 미국 농업안전국FSA은 피폐한 농촌의 실상을 사진으로 조사했다. FSA의 경제학자 로이 스트라이커Roy Stryker, 1893~1975는 워커 에번스Walker Evans, 1903~1975와 도로시아 랭Dorothea Lange, 1895~1965을 비롯한 쟁쟁한 사진가를 고용했다.

1936년 도로시아 랭이 찍은 〈이민자의 어머니〉는 FSA

프로젝트의 걸작이라 할 만하다. 워커 에번스도 같은 해에 앨라배마에서 〈소작농의 아내〉를 사진에 담는다. 비슷한 형편, 같은 세대로 보이는 여성을 찍었으나, 에번스와 랭의 사진 스타일은 달랐다. 랭은 가난과 궁핍의 이미지와 어울릴 만한 인물을 발견해 애틋한 느낌을 끄집어냈다. 이에 반해 에번스는 타인에게서 사진가가 원하는 어떤 느낌을 뽑아내려 하지 않았다. 그는 카메라 앞에서 사진 찍히는 인물이 스스로 자신의 정체성을 주장할 수 있도록 했다.

하나의 장벽, 2개의 감옥

2010년을 전후로 작업했던 프로젝트 '이곳'의 결과물 500여 장의 사진에는 종종 비슷한 소재와 장소가 발견된다. 요세프 쿠델카의 허물어진 담벼락과 철조망은 이정진의 사진에서도 등장한다. FSA 프로젝트의 에번스와 랭처럼 쿠델카와 이정진의 사진도 스타일이 다르다. "하나의 장벽, 2개의 감옥"이라고 쓰여 있는 장벽의 낙서에서 영감을 얻었다는 쿠델카가 찍은 철조망은 그래서 분단의 은유로 해석된다.

　가자 지구에 몰래 잠입해 찍은 이정진의 철조망은 은유나 상징과 거리가 멀어 보인다. 이정진의 철조망은 본래의 쓰임새를 넘어서 사물 그 자체의 감각을 환기시키고 있다. 대지를 짓누르고 있는 정체 모를 광물질의 육중한 무게감이라고 할까? 가나안의 역사를 알고 있다면, 철조망 덩어리는 불모지 호렙산Mt. Horeb의 거대한 바위처럼 보일 수도 있다. 이집트 노예였던 유대인들을 탈출시킨 선지자 모세는 광야에서 목이 말라 지친 백성들을 위해 기적을 일으킨다. 하나님께서 모세에게 이르셨다. "그 반석을 치라. 그것에서 물이 나오리니."(「출애굽기」17장 6절)

이정진은 2010년부터 이듬해까지 다섯 차례 가나안 땅을 밟았다. 분쟁 지역을 카메라에 담아내는 여정은 낯선 도전이었다. 안내자였던 이스라엘의 한 교수는 분리의 장벽을 넘어서자마자 밀어닥친 공포감을 체감한 뒤 그의 곁을 떠났다. 현지에서 사진을 공부하던 한국인 학생이 도망간 교수의 역할을 대신했다. 검문 검색을 마치고 요르단강 서안 지구에 들어서자 내비게이션은 먹통이 되었다. 화면에서 지도가 사라지고 알파벳 문자가 표시되었다. 'Unnamed Road(이름 없는 길).' 이정진은 생각했다. '모든 예술가는 이름 없는 길을 걷고 있는 것 아닐까?' 이정진은 그의 사진 연작에 '이름 없는 길'이라는 제목을 달았다.

이름 없는 길에서 마주한 것들. 통곡의 벽, 사격장,

34
—
35

〈이름 없는 길〉.
ⓒ 이정진

정육면체의 건물들, 돌담 위를 걷는 사내, 계단에서 멈춰선 여인, 벌판에서 웅크리고 있는 아이, 파괴된 도로, 허물어진 담벼락, 폐허가 된 공동묘지, 총탄 자국, 자갈밭에 놓인 바위, 길을 가로막는 바위, 선인장과 텅 빈 하늘, 검은 장막, 철조망 뭉치, 펼쳐진 철조망, 철조망 너머의 능선, 전선 위의 새들, 올리브나무.

올리브나무는 천 년을 산다고 했다. 언제나 묵묵히 서 있는 올리브나무는 그 땅에서 벌어진 일을 모두 기억하고 있을까? 블레셋Philistine(팔레스타인)의 골리앗 장군을 돌팔매로 쓰러뜨린 유대인 목동 다윗이 왕국을 세웠던 땅에서 정반대 일이 벌어지고 있다. 변변한 무기가 없는 팔레스타인 소년병들이 철갑을 두른 이스라엘 전차를 향해 돌팔매질하고 있다.

'네 원수를 사랑하라'는 예수님의 가르침을 따르려 노력했던 때도 있었다. 1993년 팔레스타인해방기구 PLO의 야세르 아라파트Yasser Arafat, 1929~2004 의장과 이스라엘의 이츠하크 라빈Yitzhak Rabin, 1922~1995 총리는 노르웨이 오슬로에서 만나 서로의 공존을 약속했다. 그러나 2년 후, 이스라엘의 한 극우파 청년은 라빈 총리를 향해 방아쇠를 당겼다. 젖과 꿀이 흐른다는 땅에 붉은 피가 스민다. 장벽이 세워진다. 철조망이 에워싼다.

"인간이라는 야수가 배제된 풍경"

공포, 적개심, 슬픔, 신에 대한 기도……. 이정진의 시야는 혼돈에서 벗어나지 못했다. 그가 걷고 있는 길의 끝은 어디일까? 스승이었던 로버트 프랭크Robert Frank, 1924~2019는 한없이 곧게 뻗어나가는 미국의 285번 국도를 사진에 담았지만, 그가 바라본 이름 없는 길은 불모의 산맥을 향해 고불거릴 뿐이다. 프랭크는 질주라도 할 수 있었다. 하지만 이정진은 가로막힌다. 바위가, 엉겨 붙은 나뭇가지들과 검은 장막이 그의 발걸음을 막는다. 이정진은 머뭇거릴 수밖에. 사막에서 늘 그랬듯이 그는 숨을 가다듬고 명상에 빠져든다. 사물의 온전한 모습이 스스로 드러나는 순간을 맞이하기 위해서.

"느낌을 알아차리기 위해 / 감정이 고요해지도록 기다린다. / 마음은 그 자체의 신기루 / 사막은 거울과도 같다."

여정이 끝나갈 무렵, 이정진은 깨달았다. '이곳'에서 느꼈던 불편했던 마음이 사진에 반영되었다는 것을. 그의 카메라는 사물을 보여주는 창문이라기보다는 작가의 내면을 비추는 거울이다. 미국의 사막을 찍은 이정진의 사진을 본 프랭크는 "인간이라는 야수가 배제된 풍경"이라고 말했다. 하지만 이정진은 자기 사진에 야

〈이름 없는 길〉.
ⓒ 이정진

수가 담겨 있다고 생각한다.

한 마리의 야수가 가나안의 네게브 사막을 어슬렁거린다. 피와 살을 찾아 헤매는 포악한 생명체. 이정진은 이곳에서 혈혈단신으로 야수와 맞선다. 그는 대평원의 순리를 체화한 남아메리카의 카우보이 '가우초gaucho'처럼 섣불리 행동하지 않는다. 꼭 찔러야 하는 순간에 급소를 겨냥해야만 하는 법. 가우초는 가슴속에 숨긴 단도短刀를 꺼내는 순간 싸움의 승패를 알아차린다. 이정진도 마찬가지다. 사막 언덕에 웅크리고 숨어 있던 야수가 포효하며 달려들 때, 그는 가방에서 카메라를 꺼낸다. 한 치의 오차도 허용되지 않는 절체절명의 순간, 이정진은 셔터를 누른다.

싸움의 승패보다 중요한 것은 상대에 대한 존경심이다. 이정진은 야수에게 경외감을 바치고 싶다. 섣불리 난도질하지 않고 자기 거처에서 노획물에 대한 애도를 표한다. 그는 야수의 본성을 되살리려 한다. 광활한 사막의 하늘을 갈라놓으며 포효하는 야수의 기운을. 이정진의 인화법은 거친 사막의 입자와 잘 어울린다. 그는 양피지처럼 까끌까끌한 한지의 표면에 야수의 본성을 인화한다. 그리고 시대 흐름에 맞추어 디지털로 다시 프린트한다. 수묵화나 탁본에서 느껴지는 이정진 특유의 사진 질감은 디지털에서도 보존된다. 사격장을 찍은 그의 사진을 본 누군가가 이정진에게 말했다.

"혹시 총탄 자국인가요? 가까이서 보았을 때, 꽃이나 눈송이라고 느꼈어요."

이정진은 흥미롭다. 사람들은 자기 사진에서 그들의 내면을 보고 있었던 것. 한 마리의 야수가 찍힌 사진에서 어떤 이는 꽃을 본다. 그는 아마도 분쟁의 땅에서 희망을 보고 싶었던 것이리라.

그들도 평화의 장면을 기다린다

(+)

예브게니 말로레카의 사진

러시아의 우크라이나 침공

"빌어먹을!" 어린아이의 죽음을 세 번이나 지켜보았던 이의 반응치고는 강도가 높다고 할 수 없을 것이다. 2022년 3월 5일, 인스타그램에 올라온 보도사진가 예브게니 말로레카Evgeniy Maloletka의 짧은 메모다. 폭탄 파편을 맞아 의식을 잃은 아이들이 우크라이나 마리우폴Mariupol의 한 병원에 실려왔다. 축구를 하던 16세의 소년 일리야Iliya, 유니콘이 그려진 바지를 입고 있던 6세의 소녀, 하늘색 담요를 덮고 있던 18개월의 아기 크릴Krill.

"우리가 전쟁을 알기나 할까?" 러시아의 우크라이나

침공 사흘째에 기록된 사진가의 말은 고민일까, 아니면 울분일까? 우리는 우크라이나 전쟁을 얼마나 알고 있을까? 미디어와 SNS를 통해 세상에 알려진 전쟁의 사진과 이미지를 살펴보았다.

우크라이나의 하늘에는 '아이언돔Iron Dome(미사일 방어 체계)'이 없었다. 땅거미가 채 가시기 전, 새벽녘의 몽환적인 하늘빛은 미사일 포격으로 사라졌다. 2022년 2월 24일이었다. CNN 방송 모니터에는 수도 키이우Kyiv의 하늘로 치솟는 검붉은 연기가 나타났다. 러시아의 침공이 시작된 것이다. 방송 이미지는 우크라이나 대통령실 제공으로 알려졌다. 국내 일간지 대부분은 이 장면을 1면 사진으로 선택했다.

미디어는 전쟁의 시작을 어떻게 알렸을까? 2021년 5월 또다시 불붙었던 중동의 화약고가 떠올랐다. 너무 빈번하게 발생해 웬만해선 쳐다보지 않았던 팔레스타인과 이스라엘의 무력 충돌이지만, 국내의 모든 일간지는 1면에 똑같은 사진을 실었다. 낯선 이미지였기 때문이다. 리듬체조의 리본처럼 부드럽게 구불거리는 주황빛 광선들이 예루살렘의 밤하늘 위로 뻗어나갔다. 이스라엘의 아이언돔이 팔레스타인 무장정파 하마스Hamas가 발사한 로켓 '카삼Qassam'을 요격하는 장면이었다. 다소 긴 노출 시간으로 찍는 불꽃놀이 사진과 유사한

우크라이나 마리우폴의 한 병원에서 의료진들의 자녀들이 담요를 덮고 있다.
ⓒ 예브게니 말로레카

매뉴얼로 촬영된 이미지는 색다른 구경거리였다. 살생의 장면이 은폐되었기에 연민의 감정을 불러일으킬 수도 없는, 거실 소파에 기대어 편안히 관람할 수 있는 전쟁의 이미지였다.

아이언돔 사진에 첨부된 기사의 대부분은 미사일 방어 시스템의 성공률이 높다고 했다. 각국의 군사 당국은 아이언돔에 눈독을 들였다. 한국 정부는 북한의 장사정포 공격을 방어할 한국형 아이언돔의 필요성을 깨달았다. 군사 대국 러시아와 갈등을 빚고 있었던 우크라이나는 아이언돔을 수입하기 위해 이스라엘과 접촉했다. 이스라엘은 우크라이나의 요청에 응답하지 않았다. 러시아와 날을 세우기 싫었을 것이다.

우크라이나 대통령실 다음으로 러시아의 침공을 알린 것은 AFP 사진기자 아리스 메시니스Aris Messinis였다. 그는 폭격당한 하르키우Kharkiv 군용 비행장에서 피어오르는 검은 연기를 포착했다. 우크라이나 대통령실 제공 이미지로 지면을 제작했던 『경향신문』은 신뢰할 만한 설명이 첨부된 아리스 메시니스의 사진으로 1면 사진을 교체했다.

러시아의 침공이 임박하자 분쟁 지역에서 잔뼈가 굵은 사진기자들이 우크라이나 국경을 넘었다. 퓰리처상과 월드프레스포토(세계 언론 사진상) 수상 경력의 스

페인 출신 에밀리오 모레나티Emilio Morenatti AP 사진
기자는 개전 다음 날인 2월 25일 수도 키이우의 폭격
당한 아파트 앞에서 울고 있는 여성 나탈리Natali를 찍
은 사진을 통신망에 올렸다. 2009년 '탈레바니스탄(탈
레반이 장악한 땅)' 연작으로 퓰리처상을 받은 여성 프리
랜서 사진기자 린지 아다리오Lynsey Addario도 『뉴욕타
임스』 보도를 위해 우크라이나에 들어갔다. 그녀의 인
스타그램에는 러시아 군인 미하일 칼라시니코프Mikhail
Kalashnikov가 만든 돌격 소총을 들고 있는 여성 4명을
찍은 사진이 올라와 있었다. 러시아의 침공 나흘 만이
다. 전선으로 떠나는 트럭에 승차한 한 여군은 두려움
을 감추지 못해 흐느끼고 있었다.

"푸틴에게 이 장면을 보여줘!"

모국에서 벌어지는 전쟁의 참상을 세계에 알린 우크라
이나 기자 2명이 있다. AP 카메라 기자 므스티슬라우
체르노우Mstyslav Chernov와 사진기자 에브게니 말로레
카는 개전 하루 전 우크라이나의 남부 항구 도시 마리
우폴을 향해 출발했다. 외신기자 대부분은 수도 키이우
로 들어갔지만, 현지인 기자 2명은 지정학적 중요성 때
문에 마리우폴이 키이우보다 가혹한 폭격을 당할 것을

예상했던 것이다. 그들은 러시아의 침공 1시간 전인 새벽 3시 30분에 마리우폴에 도착했다.

"어서 옮겨! 우리는 할 수 있어!" 구급차에 실려온 6세의 소녀를 의료진이 황급히 수술실로 옮겼다. 간호사는 주사를 놓고 의사는 산소호흡기를 달았다. 심폐소생술이 시작되었다. 그러나 박동이 없다. 흐느끼는 간호사. 파란 수술복을 입은 의사가 므스티슬라우 체르노우의 카메라를 보며 말했다. "푸틴에게 이 장면을 보여줘!"

아이들의 희생은 끝나지 않았다. 3월 2일 학교 근처에서 축구를 하던 16세 소년 일리야가 병원으로 옮겨졌으나 숨을 거두었다. 예브게니 말로레카는 피가 묻은 소년의 운동화와 오열하는 아빠 세르히Serhii를 사진에 담았다. 이틀 뒤, 마리나Marina의 18개월 된 아들 크릴도 짧은 생애를 마감했다.

러시아의 맹폭으로 마리우폴의 기반시설들은 일찌감치 파괴되었다. 수도, 가스, 전기, 통신 등 생존에 필요한 시설도 와해되고 있었다. 기자들이 사용하던 슈퍼마켓 전화선이 끊어지자 경찰이 비상 통신선을 제공했다. 마리우폴 병원의 의료진은 응급의료장비 가동을 위한 발전기를 기자들에게 내놓았다. 카메라를 충전해 병원에서 일어나는 일들을 계속 알려야 한다는 것이다.

3월 9일 러시아는 산부인과 병원을 폭격했다. 예브

게니 말로레카는 얼굴에 상처가 난 만삭의 임신부 마리아나 비세기르스카야Mariana Vishegirskaya가 아수라장이 된 병원 계단을 내려오는 장면을 찍었다. 허벅지에 상처를 입고 이송되는 임신부도 있었다. 들것에 실린 임신부는 만삭의 배에 손을 올리고 있었다.

"놀라운 사진입니다." "당신의 사진, 고맙습니다." 키이우의 상황을 취재 중이던 린지 아다리오와 파비오 부치아렐리Fabio Bucciarelli가 인스타그램을 통해 예브게니 말로레카를 응원했다. 대피하는 임신부의 사진을 알아본 것은 현장의 사진기자뿐만이 아니었다. 미국의 주요 일간지들은 부상당한 임신부가 들것에 실려 대피하는 그의 사진을 1면에 실었다. 미국뿐만 아니라 세계의 언론들은 러시아의 무차별 폭격을 비난했다. 하지만 러시아는 병원을 폭격한 사실이 없다고 부인했다. 영국 주재 러시아대사관은 다음 날인 10일 트위터를 통해 임신부 마리아나 비세기르스카야의 사진이 조작되었다고 주장했다. 러시아대사관은 "정말 사실처럼 분장했다. 이 여성은 뷰티 블로그도 잘 운영하고 있다"며 화장품을 들고 있는 그녀의 사진을 트위터에 첨부했다.

AP 에디터의 짧은 메시지가 마리우폴의 기자 2명에게 전달되었다. '산부인과 병원의 생존자들을 찾아볼 것.' 그들은 이틀 전 폭격당한 병원으로 되돌아갔다. 들

부상당한 만삭의 임신부가 들것에 실려 이송되고 있다.
ⓒ 예브게니 말로레카

것에 실려 이송되었던 이름 모를 임신부는 숨을 거두었고, 러시아가 연출된 사진이라고 지목한 마리아나 비세기르스카야는 침대에 누워 있었다. 그녀 옆에는 이불 대신 스웨터를 덮은 갓난아이가 잠들어 있었다. 아기의 이름은 베로니카Veronika다. 기독교에서 전설의 성녀로 등장하는 이의 이름이기도 하다.

그들의 이름을 기억하자

러시아는 대표적 SNS인 페이스북, 트위터에 이어 인스타그램도 차단했다. 예브게니 말로레카를 비롯한 사진 기자들이 인스타그램 등 SNS를 통해 전쟁의 참상을 담은 사진들을 전송하고 있었기 때문이다. 인스타그램의 모회사인 메타는 폭력적인 내용의 게시물 유포를 금지하지만, 러시아의 만행에 대한 게시물은 예외적으로 허용했다. 러시아에서 SNS가 차단되자 폴란드 프로그래머들은 '스쿼드303'이라는 웹사이트를 만들어 차단된 소식망을 뚫었다. 스쿼드303은 2,000만 개의 러시아 국민 휴대전화 번호와 1억 4,000만 개의 이메일 주소를 제공했다. 우크라이나의 참상을 러시아 국민들에게 알리자는 것이다.

예브게니 말로레카와 므스티슬라우 체르노우의 사

진과 동영상은 3월 15일 이후로 업로드되지 않고 있었다. 러시아가 우크라이나를 침공한 지 3주가 지나는 시점이었다. 마리우폴의 소식을 전하던 기자 2명도 결국 사망한 것일까? 전쟁을 기록하던 미국 다큐멘터리 감독 브렌트 르노Brent Renaud에 이어 폭스뉴스 영상기자 피에르 자크르제우스키Pierre Zakrzewski가 취재 도중 사망했다고 AFP 통신은 전했다.

"러시아가 우리를 사냥하고 있었다!" 3월 21일 AP는 두 기자의 생존을 알렸다. 므스티슬라우 체르노우는 그의 동료와 함께 마리우폴을 탈출했다며 그간의 사정을 본사에 전했다. 그들이 머물던 마리우폴의 병원에는 총기를 소지한 괴한이 복도를 배회하고 있었다. 기자들을 색출하기 위해서였다. 기자들은 의사가 건네준 흰 가운을 입고 의료진으로 위장했다. 그런데 일이 터지고 말았다. 10명 남짓한 군인들이 3월 15일 새벽 병원에 쳐들어왔다. "기자들 어딨어?" 다행히 그들은 우크라이나를 상징하는 파란색 완장을 차고 있었다. "우리는 당신들을 탈출시키기 위해 왔소." 정보가 누설된 것일까? 때마침 포격과 총격이 쏟아졌다. 기자들은 병원 안에 머무는 것이 더 안전하다고 생각했지만 군인들은 그들을 병원 밖으로 탈출시켰다.

기자 구출 작전의 이유는 하나였다. 우크라이나는

기자가 사망하거나 적군의 포로가 되는 것을 허락할 수 없었다. 그들이 생존해야만 마리우폴의 진실이 유지될 수 있었다. 기자 구출 작전에 가담한 경찰이 그들에게 말했다. "러시아군에게 잡히면 당신들은 카메라 앞에 서게 될 거요. 푸틴은 어떻게 해서든 당신들이 찍은 사진과 영상이 가짜라고 말하게 할 게 뻔하오. 그렇게 되면 당신들이 마리우폴에서 한 모든 일과 노력이 수포로 돌아가게 된단 말이오."

기자 2명이 목숨을 걸고 남긴 것은 러시아의 만행에 대한 시각적 증거만이 아니었다. 그들은 전쟁의 참혹함이라는 두루뭉술한 진술이 아니라 구체적이고 개별적인 고통을 기록했다. 그것은 아마도 AP 에디터의 말처럼 그들이 외국인이 아니라 현지인 기자였기에 가능했을 것이다. 기자 2명이 전해준 이미지에는 다른 외신기자들이 포착한 타자가 느끼는 연민의 감정보다는 전쟁 피해 당사자의 고통과 분노, 전쟁에서 이기리라는 희망이 담겨 있었다.

우크라이나 전쟁에서 희생당한 이들의 이름을 다시 적어본다. 축구를 좋아했던 일리야, 유니콘 바지를 입고 있던 소녀, 하늘색 담요에서 잠든 아기 크릴. 살아남은 생명들의 이름도 적어본다. 무차별 폭격에서도 이 세상에 태어난 마리아나 비셰기르스카야의 딸 베로니

카테리나 수하로코바가 그녀의 아들 마카르에게 입맞춤하고 있다.
ⓒ 예브게니 말로레카

카, 카테리나 수하로코바Kateryna Suharokova의 아들 마
카르Makar.

　나는 지금 카테리나 수하로코바가 마카르의 이마
에 입맞춤하는 사진을 보고 있다. 예브게니 말로레카
는 아이들의 죽음을 목격하기 전, 어두운 지하 병실에
서 태어난 신생아 마카르를 만났다. 그가 찍은 사진은
수하로코바와 마카르이지만, 내가 지금 보고 있는 것은
아기 예수를 안고 있는 마리아의 모습이다. 사진기자
가 그녀에게 말했다. "좀 어떤가요?" 그녀가 대답했다.
"모든 게 잘되겠죠I believe that everything will be fine."

당신은 어떤 표정을 짓고 있는가?

(+)

어윈 올라프의 사진

광인의 배에 승선한 바보들

중세의 가을이 저물고 르네상스의 꽃이 필 무렵, 유럽의 강어귀에는 이상한 배들이 출몰했다. 바보들의 천국이라고 불리는 '나라고니아Narragonia'로 향하는 배였다. 이교도의 붉은 깃발을 꽂고 숟가락으로 노를 젓는 뱃사람들. 음탕한 성직자와 장사꾼은 술판을 벌이고, 초대받지 못한 한 광대는 돛대에 매달려 혼술을 즐긴다. 15세기 네덜란드 화가 히에로니무스 보스Hieronymus Bosch, 1450~1516가 그린 〈바보들의 배〉에 올라탄 광인들의 모습이다.

『광기의 역사』를 쓴 미셸 푸코Michel Foucault, 1926~ 1984는 르네상스 시대에 유행하던 바보 문학과 그림을 선단에 배치하며 광인의 항해를 시작한다. 제바스티안 브란트Sebastian Brant, 1458~1521의 풍자시 「바보배」에 묘사된 광인들은 어떤 모습이었을까? 탐욕스러운 자, 나태한 자, 마녀, 주술사 등의 탈을 쓴 광인들은 지금의 정신병자들과는 다르게 언급되고 있다. 가령, 중세의 광인은 때로는 신비스러운 존재로 생각되기도 했는데, 셰익스피어의 희곡 『리어 왕』에 등장하는 광대는 지혜를 설파하는 스승이었다고 미셸 푸코는 말한다.

이성의 찬란한 빛이 쏟아지던 17세기 고전주의 시대는 비이성적인 모든 것을 색출해 광기라는 테두리 안에 가두었다. 태양왕 루이 14세는 '구빈원hopital general(종합병원)'을 설치하라는 칙령을 내렸다. 광기의 대감금 시대가 시작되었다. 무위도식하는 부랑아들은 감금되었고 노동교화형에 처해졌다. 18세기 말 등장한 정신의학은 감금되었던 나태한 자들을 귀가시키고 교화될 수 없는 광인들을 질병에 걸린 자들로 진단했다. 광기의 역사는 이성이 비이성적인 것들을 분리하고 비정상인을 정상인에게서 격리하고 감금하는 권력에 의해 흘러갔다.

'누락된 의제-37.5도 아래'라는 주제로 2021년 9월에

개막했던 제8회 대구사진비엔날레는 '정상'이라는 개념에 의문을 던졌다. 우리는 체온 37.5도 이상의 몸뚱이를 가지고는 건물 내부로 진입할 수 없었다. 코로나19 이전의 우리는 36.5도 언저리가 정상 체온이라는 것은 알고 있었다. 하지만 정상을 벗어나는 체온의 경계는 그렇게 확실하지 않았고 37.5도는 누군가에게는 단지 미열일 뿐이었다.

코로나19 팬데믹 기간에 37.5도는 정상과 비정상을 구분하는 지점으로 작동했다. 발열 검사를 하는 목적은 코로나19의 증상들을 감별하기 위한 것인데, 다른 모든 징후는 누락되고 37.5도라는 차가운 디지털 숫자가 법관의 자리에 올라 정상과 비정상을 판결 내렸다. 지금 작동하고 있는 이 사회의 시스템이 모두 그럴지도 모른다. 시스템이 정한 정상의 기준선을 벗어난 사람들은 15세기 광인의 배에 승선한 바보들처럼 퇴출당할 것이다.

코로나19 팬데믹이 선포된 2020년 네덜란드 사진작가 어윈 올라프Erwin Olaf, 1959~2023가 기록한 '2020년 만우절' 사진 연작은 대구사진비엔날레의 주제를 오롯이 보여주었다. 코로나19로 도시가 봉쇄되기 직전, 그는 카메라를 들고 집 밖을 나섰다.

오전 9시 45분. 하얀 고깔모자를 쓴 광대가 비닐장갑을 끼고 카트를 끌고 간다. 네덜란드 암스테르담의

〈2020년 만우절, 오전 9시 45분〉.
ⓒ 어윈 올라프, 공근혜갤러리 제공

한 마트 옥상 주차장이다. 그런데 주차장이 텅 비었다. 이상한 낌새를 알아차릴 만한데, 광대는 천천히 카트를 끌고 걸어간다. 아니 이상한 낌새를 느꼈을 수도 있다. 하지만 그는 계획한 일들을 섣부른 추측으로 중단하는 성격이 아니다. 좋게 말하면 풍문에 휘둘리지 않는 사람이고, 달리 말하면 고지식하다.

오전 9시 50분. 매장에 들어선 광대는 물건 하나를 집어 든다. 하지만 평소 즐겨 구입하던 제조사의 상품이 아니었는지 선반에서 눈을 떼지 못한다. 항상 있던 물건인데……. 눈앞에 펼쳐지는 상황이 아직도 머릿속에 정리되지 않았던 것일까? 상품 진열대는 반 이상이 텅 비었고, 통로에는 떨어진 물건들이 나뒹굴고 있다.

오전 9시 55분. 텅 빈 냉장고 앞에서 망연자실하고 있는 광대의 불안한 파란 눈동자. 이제 광대의 얼굴이 고스란히 드러났다. 모든 광대가 그렇듯이 하얀 고깔모자를 쓴 광대의 표정도 슬프다. 웃기 싫은데 웃을 수밖에 없는 광대 조커의 비참한 웃음기는 없다. 마트에 도착한 광대의 슬픔에는 다른 이유가 있다. 이제 광대는 확실히 깨달았다. 한발 늦은 것이다. 자신을 제외한 모두가 이미 자기 살길을 찾아 떠난 것이다. 그는 회고했다.

"코로나19 팬데믹이 발생한 후 첫 주 동안 나는 전혀 알 수 없는 미지의 것에 대한 전례 없는 두려움으로 말

그대로 거의 마비가 된 느낌이었습니다."

웃픈 일상이 내뿜는 불안과 공포

한때 저널리스트로서 카메라를 들었던 어윈 올라프는
당대의 사회 문제들을 예의주시한다. 쇼핑 목록의 절반
도 건지지 못했던 개인적인 경험은 소비주의 사회가 직
면했던 단절과 감금의 사회적 현상과 연결된다. 자신의
사진 세계를 창조하기 위해 무대를 연출하고 모델을 출
연시켰던 올라프에게 2020년의 사진 작업은 인위적인
무대가 따로 필요 없었다.

오전 10시 5분. 광대의 쇼핑은 실패로 끝났다. 비닐
장갑을 낀 그의 손에 남아 있는 것은 자신의 손가방뿐
이다. 비닐 차단막 건너의 젊은 직원은 고객의 좌절에
무안한 듯 시선을 떨구고 있다. 하긴, 어떤 말이 위로가
되겠는가?

스스로 사진 모델이 된 올라프가 도시 봉쇄에 직면
한 공포감을 표현하기 위해 선택한 분장은 광대였다.
하얀 고깔모자와 백색 마스크의 광대는 우스꽝스러워
보이는가 싶더니 무서운 뒷맛을 남겨놓는다. 원뿔 모양
의 '카피로테capirote'는 중세의 수도승이나 사형수들이
썼던 모자다. 미국의 백인우월주의 단체 KKK는 흑인

〈2020년 만우절, 오전 9시 55분〉.
ⓒ 어윈 올라프, 공근혜갤러리 제공

을 린치할 때 이 모자를 썼다. 밀랍 같은 하얀색 마스크
도 우습기보다는 불편한 감정을 일으킨다. 관객을 웃기
고자 하는 광대의 하얀 기초화장은 캔버스에 무엇을 그
리기 위한 기초작업일 터인데, 마트를 배회하는 광대의
얼굴은 그저 하얗게 남아 있을 뿐이다. 하얀색은 언뜻
무언가의 부재 상태인 것으로 착각할 수 있겠으나 실상
은 그 반대다.

프랑스의 철학자 알랭 바디우Alain Badiou는 하얀색은
모든 색채의 불순한 총합의 유령이라 했다. 광대의 하
얀색 마스크에는 어떤 모습으로 변해버릴지 알 수 없는
불안함이 묻어 있는 것이다. 광대 조커의 페르소나가
영화의 시작부터 불안했던 것은 그가 정신병을 앓아서
가 아니라 그가 곧 다른 사람으로 변신할 것이라는 알
기 힘든 불길한 징후 때문이다. 하얀색 마스크는 무엇
을 품고 있는지 알 수 없는 번데기 같은 껍데기다.

오전 10시 15분. 달라진 세상을 체감하는 시간은 30분
이면 족했다. 빈손으로 마트를 나선 광대는 호수가 있는
공원의 벤치에 앉았다. 해는 아직 높지 않고 짙은 그림
자는 사물의 형태를 뒤틀며 땅에 내려앉고 있다. 이제부
터 시간은 지금까지와는 다르게 흘러갈 것이다. 공간도
불투명해질 것이다. 도시는 곧 봉쇄될 것이다.

만우절에나 일어날 법한 난센스

오전 11시 15분, 그리고 15분 후. 집에 도착한 광대는 카메라 앞에 뒤돌아선다. 단정한 그의 집은 알베르 카뮈Albert Camus의 소설 『페스트』에 등장하는 시청 서기관 '그랑'의 집을 떠올리게 한다. 눈에 띄는 것은 칠판과 사진이 놓인 하얀색 나무 선반뿐이다. 칠판에는 몇 번이고 고쳐 쓴 흔적이 남아 있는 문구가 적혀 있다. '꽃이 핀 오솔길.' 그랑은 아주 작은 일에도 정확함을 추구했다.

어윈 올라프의 광대 역시 마찬가지다. 감금된 나의 처지를 어떻게 표현할 수 있을까? 광대는 벽에 머리를 기대고 고민에 빠져든다. 또오오오 따아악. 시간은 초현실주의 화가 살바도르 달리Salvador Dali, 1904~1989의 〈기억의 지속The Persistence of Memory〉(1931)에 그려진 시계처럼 서서히 녹아 눌어붙는다. 그리고 광대의 몸도 눌어붙는다. 15분 후, 어윈 올라프는 전선으로 연결된 셔터 릴리스shutter release의 버튼을 누른다. 철커덕! 광대는 밀랍처럼 꼿꼿하게 굳어버렸다.

광대의 뒷모습을 사진에 담은 어윈 올라프의 자화상은 기묘한 긴장감이 조용하게 맴돌고 있다. 사진 프레임 안에는 3개의 차가운 '직선'과 검은색을 담고 있는 완곡한 '곡선'이 공존하고 있다. 그리고 한 가지 균열이 있다. 고깔모자의 하얀 직선이 검은 머리를 만나는 부분에서 찢기고 있다. 작은 긴장의 파동이 진동하는 부분이며, 롤랑 바르트가 말했던 '푼크툼punctum'의 세부가 남겨진 흔적일 수도 있겠다.

광대의 뒷모습은 누군가를 닮았다. 살바도르 달리와 함께 초현실주의를 대표하는 화가 르네 마그리트René Magritte, 1898~1967가 즐겨 그렸던 검은 코트를 입고 중산모를 쓴 중년의 신사다. 그는 작은 빗방울이 되어 마른하늘에서 낙하한다. 콧수염 대신 담배 파이프를 코밑에 단다. 날아가는 하얀 비둘기 가면을 쓴다. 그리고 초승달이 뜬 파란 밤하늘을 뒤돌아 바라본다. 그의 얼굴에서 표정을 읽어내기는 어렵다. 그렇지만 우리는 중년의 신사를 이미 알고 있다는 착각에 빠져든다. 가령, 그는 좀처럼 입을 열지 않고 묻는 말에만 짤막한 단어로 대답할 것 같은 성격을 갖고 있을 것이다. 파란 사과 뒤로 자기 얼굴을 숨기며 자신의 웃는 얼굴을 숨기는 익살을 즐기는 신사. 우리는 결국 알아차린다. 그가 누구인지를. 어윈 올라프의 광대, 르네 마그리트의 중산모 신사, 알베르 카뮈의 시청 서기관은 어쩌면 모두 동일한 인물일 것이다.

도시 봉쇄령이 풀리면 어윈 올라프의 광대는 흑사병

〈2020년 만우절, 오전 11시 30분〉.
ⓒ 어윈 올라프, 공근혜갤러리 제공

환자들을 돌보던 의사를 도왔던 시청 서기관 그랑처럼
공동체가 직면한 문제와 대면할 것이다. 세상의 모든
짐을 떠안은 것처럼 심각한 모습은 아닐 것이다. 지금
일어나고 있는 모든 일은 만우절에나 일어날 법한 난센
스라며 씨익 웃으며 제 할 일을 해나갈 것이다.

저 높은 무지개 너머 어딘가에

(+)

팀 스미스의 사진

지구 위의 유토피아

"'노플라키아NOPLACIA', / 즉 '누구도 가지 않는 곳'이 한때 내 이름이었다. / 플라톤의 '국가'가 나와 필적하는 나라라고, / 혹은 내가 게임에서 이겨먹은 나라라고 나는 이제 주장하겠다. / 그의 공화국은 그저 산문 속 신화에 불과하겠지만, / 나는 실제로 그가 그렸던 나라, / 사람들과 부와 굳건한 법률 체제를 지닌 나라가 되었기 때문이다. / 이제 '현명한 사람이라면 누구나 가는 곳', / '고플라키아GOPLACIA'가 내 이름이 되었다."(토머스 모어, 『유토피아』. 계관시인이 유토피아 섬나라에 바치는 시)

팀 스미스Tim Smith의 포토스토리 '이 세상 것은 아닌In the world, but not of it'은 토머스 모어Thomas More, 1477~1535의 『유토피아』를 상상하게 한다. 16세기 영국의 인문주의자는 실재하지 않는 이상향의 나라인 '유토피아'를 글로 썼고, 21세기 캐나다의 사진가는 실재하는 유토피아를 사진 찍었다. 2022년 제20회 '동강국제사진제' 국제공모전 '올해의 작가'로 선정된 팀 스미스가 13년째 기록하고 있는 '후터라이트Hutterite'의 이야기다.

후터라이트의 역사는 토머스 모어의 『유토피아』가 출판된 16세기 초에 시작된다. 교회의 부패를 비판했던 성직자들로 우리는 대개 마르틴 루터Martin Luther, 1483~1546와 장 칼뱅Jean Calvin, 1509~1564의 이름을 기억한다. 면죄부를 파는 교회를 루터가 비판했고 칼뱅은 그의 뜻을 이었다. 야코프 후터Jakob Hutter, 1500~1536라는 이름의 성직자는 유아 세례를 부정했다. 아무것도 모르는 어린이들의 신앙고백은 의미가 없다고 그는 주장했다. 이런 이유로 후터는 세례를 다시 받았다. 로마 가톨릭교회는 발칵 뒤집혔다. 세례를 다시 받는 것은 과거의 세례가 무효라고 해석될 수 있기 때문이다. 박해의 역사가 시작되었다.

1536년 2월 오스트리아 인스브루크 광장에서 후터는 화형을 당했다. 상처 난 그의 몸에는 브랜디가 뿌려

〈스프링 밸리 후터라이트 자치구〉, 2010년.
ⓒ 팀 스미스

졌다고 전해진다. 후터의 후손들을 일컫는 '후터라이트'는 현재 북미 대륙의 평원에 흩어져 공동체를 이루며 살고 있다. 그들이 개척한 자치구는 대략 500곳이며 인구는 4만 5,000명 정도다. 500년 가까운 박해의 역사에서 지금이 가장 성공적인 시기를 보내고 있다고 할 수 있다.

초원, 농부, 카우보이, 일몰, 뛰어노는 개를 3일 동안 구경하기……. 인디언 제로니모Geronimo, 1829~1909의 말처럼 "태양의 빛을 깰 수 있는 것은 아무것도 없는 곳"이 바로 캐나다의 대초원이라고 팀 스미스는 말한다. 뉴욕처럼 세련되고 미래적인 도시 풍경에 사로잡힌 이들도 있지만, 그는 정반대의 사진가다. 2009년 5월 초원을 거닐던 스미스는 풍문으로만 듣던 후터라이트의 자치구에 우연히 발을 들여놓는다. "사진을 찍어도 될까요?" 폐쇄적이라던 후터라이트 여성들은 고개를 쉽게 끄떡인다.

"모든 물건을 서로 통용"하는 삶

팀 스미스는 그들을 좀더 알고 싶었다. 후터라이트와의 접촉은 13년 동안 지속된다. 그의 궁금증은 종교적인 것이 아니다. 그는 후터라이트가 "서구 사회에서 가장 성공적인 공동 문화를 갖고 있다"고 말한다. 스미스는 비록 '서구'라는 단어를 사용했지만, '자본주의'로 바꿔도 무방할 것이다.

독일의 사회학자 막스 베버Max Weber, 1864~1920는 장 칼뱅의 직업소명설로 대표되는 프로테스탄티즘의 윤리가 자본주의 정신과 맥을 같이한다고 진단했다. 하지만 프로테스탄트의 한 분파인 후터라이트는『성경』에서 공산주의 정신을 발견한다.

토머스 모어의『유토피아』처럼 후터라이트 자치구에는 사유재산이 없다. 그들이 읽은 것은 토머스 모어의 소설이 아니라『성경』의 '사도행전'이다. "믿는 사람이 다 함께 있어 모든 물건을 서로 통용하고 또 재산과 소유를 팔아 각 사람의 필요를 따라 나눠주며……."(「사도행전」 2장 44~45절)

'사도행전'에 적혀 있는 "모든 물건을 서로 통용"하는 삶은 그리 쉬운 일은 아니다. 공산주의가 실패로 끝난 지도 오래된 마당에 재산을 공유한다는 것이 가당한 일이겠는가? 그런데 세상은 아이러니하다. 카를 마르크스Karl Marx, 1818~1883가 '인민의 아편'이라고 비판했던 종교가 공산주의를 실현하고 있으니까. 생산수단의 공유화는 프롤레타리아 혁명이 아니라 종교인들의 믿음에 근거한 실천에서 이루어지고 있다.

팀 스미스의 사진에 담긴 후터라이트의 삶을 들여다본다. 마을 식당에서 선생님과 어린이들이 기도를 하고 있다. 2017년 디어보니 자치구에서 찍은 사진이다. 5세에서 15세까지의 어린이들은 모두 한곳에서 식사를한다. 공동 육아 시스템을 엿볼 수 있다. 남녀를 구분해자리에 앉은 것으로 보아 보수적인 문화도 감지된다.

이 사진은 내용뿐만 아니라 형식도 흥미롭다. 사진가와 피사체의 시선이 충돌하고 있기 때문이다. 한가운데의 소년이 팀 스미스를 호기심 어린 눈빛으로 쳐다본다. 스미스는 고민에 빠진다. 사진가는 자기 존재가 눈에 보이지 않기를 원하기 마련이다. 투명인간이 되어야사람들은 평소 하던 대로의 모습을 자연스레 보여줄 것이기 때문이다. 나는 앞서 그가 13년 동안 후터라이트와의 만남을 지속하고 있다고 언급했다. 후터라이트에게 팀 스미스는 낯선 이방인이 아니다. 그가 사진기를들건 말건 별로 신경 쓰지 않았을 테다. 팀 스미스는 거의 투명인간이 될 뻔했다.

이 장난꾸러기를 제외한다면 모두가 사진가의 존재를 알아차리지 못하고 있다. 녀석의 눈빛은 이렇게 말하고 있다. "다른 애들은 모르겠지만, 제 눈에는 아저씨가 보여요!" 하지만 사진은 실패하지 않았다. 카메라 앞에서 모르는 척하는 것은 아이들의 본성에 맞지 않다.

〈디어보니 후터라이트 자치구〉, 2017년.
ⓒ 팀 스미스

한 명쯤은 카메라를 빤히 쳐다보는 장면이 더 자연스러워 보인다.

거의 완벽하게 투명인간이 되었던 사진가가 있었다. 미국 다큐멘터리 사진 역사에 한 획을 그은 워커 에번스다. 35밀리미터 콘탁스 카메라를 외투에 숨긴 에번스는 긴장을 풀고 가면을 벗은 뉴욕 지하철의 승객들을 사진에 담았다. 하지만 팀 스미스는 투명인간이 될 수 없었다. 윤리적인 문제가 있다. 세상과 담을 쌓고 자신만의 생활 방식을 고수하는 후터라이트가 사진가의 방문을 받아들였는데 몰래 카메라를 들 수는 없는 노릇이다. 투명인간과 비슷한 존재가 되기 위해 선택한 스미스의 방법은 시간이다. 그는 서두르지 않는다. 자기 자신을 공동체의 일원으로 느낄 수 있을 때까지 기다리는 것이 그의 사진술이다.

자본과 권력에서 벗어난 '다른 삶'

팀 스미스가 기록한 후터라이트의 사진은 크게 세 가지로 분류된다. 첫 번째는 거의 투명인간이 된 그가 포착한 자연스러운 모습들이다. 짚단 위에서 술래잡기를 하는 어린이들, 다른 자치구로 출가하는 데버라Deborah의 결혼식 피로연, 지역 하키 대회에서 우승해 환호하는 모습 등이 그러하다. 두 번째는 사진가의 존재를 알고 있으나 그다지 신경 쓰지 않는 장면들이다. 비교적 자주 사진에 담긴 베이커 자치구의 소녀 하다사 멘델Hadassah Mendel의 모습들이다. 말을 수영시키고, 마을 체육관에서 덤벨을 들고 줄타기를 하는 멘델은 사진가의 존재를 충분히 감지한다. 하지만 멘델이 사진가를 개의치 않을 수 있는 이유는 그와 함께 보냈던 오랜 시간 때문이었을 것이다.

마지막으로 사진가의 존재를 확실히 의식하고 자기 자신을 표현하는 사진들이 있다. 소박한 웨딩드레스를 입고 부케를 들고 있는 신부, 닭 도살 작업을 마친 후 굳은 표정으로 카메라를 바라보는 한 청년, 셔츠 가슴 포켓에 돋보기와 펜, 수첩을 넣고 포즈를 취한 한 노인의 사진 등이 그러하다.

메이플 그로브 자치구의 소녀 네바다 월도너Nevada Waldner는 자기 모습을 복제한 듯한 인형을 들고 포즈를 취하고 있다. 베이커 자치구의 쌍둥이 자매 케일라Kaela와 켈리Kelly의 모습은 다이앤 아버스Diane Arbus, 1923~1971가 찍은 기이한 쌍둥이 소녀와 달리 포근한 눈빛으로 사진가를 바라본다. 비슷하다는 것은 후터라이트 자치구에서 혐오스러운 것은 아닌가 보다. 쌍둥이가 아니더라도 그들의 복식은 거의 비슷하다.

그렇다고 개성을 찾아볼 수 없는 것은 아니다. 젊은 여성들은 바깥세상에서 유행하는 스니커즈 신발을 신거나 치마에 감춰진 종아리에 헤나 문신을 그리는 등 자기만의 스타일을 드러낸다. 디어보니 자치구의 소녀 미셸Michelle은 2015년에 꽃무늬 원피스에 분홍색 이어폰을 끼고 카메라를 바라보고 있었다. 5년 후의 미셸은 레게 머리를 하고 청 재킷을 걸친 채 포즈를 취하고 있다. 자치구를 벗어나 대학 생활을 하고 있는 터였다.

외부 세계의 흐름과 접점을 찾는 일은 어렵다. 농장의 효율적인 경영을 위해 사용하던 휴대전화는 어느새 스마트폰으로 바뀌었다. 팀 스미스의 단골 피사체 하다사 멘델은 인스타그램을 통해 요가와 크로스핏을 배우고 있다. 외부 세계로 통하는 문을 얼마큼 여는지는 자치구의 목사와 감독관이 결정한다. 물론, 세상 바깥의 것들에 대한 그들의 눈빛은 곱지 않다. 하지만 자치구의 생존을 위해서는 외면할 수도 없는 노릇이다.

미셸처럼 바깥세상으로 떠나는 후손들도 있지만, 후터라이트의 신념을 이어나갈 자녀들의 터전을 마련해야 하는 것이 자치구 리더가 해야 할 일이다. 리더는 소외를 느끼지 않을 규모로 공동체를 꾸려나갈 방법을 모색한다. 그들은 자치구의 규모는 15가구 정도가 적당하다는 것을 깨달았다. 적으면 외롭고 많으면 갈등이

〈디어보니 후터라이트 자치구〉, 2010년.
ⓒ 팀 스미스

있을 것이다. 밀 농사를 짓고 축산업을 하는 이유는 새로운 자치구 건설을 위한 땅을 사기 위해서다. 그들이 필요한 것을 얻기 위한 만큼 후터라이트는 세상으로 향한 문을 연다.

새로운 세상을 꿈꾼다는 것은 지금 당신이 속한 세계가 무언가 잘못되었기 때문이다. 토머스 모어가 『유토피아』를 상상했던 16세기 유럽은 문젯거리가 많았다. 앞서 말했듯이 기독교가 분열했고, 빈부격차는 심해졌다. 양모에 욕심을 낸 영국의 지주들은 소작농을 몰아내고 목장을 만들기 위해 울타리를 쳤다. 토머스 모어는 지주들의 인클로저enclosure 운동이 양들을 난폭하게 만들어 사람들까지 잡아먹는다며 영국 사회를 비꼬았다. 그가 말한 울타리가 탐욕 때문에 생긴 것이라면 5세기가 지난 지금도 양들은 사자처럼 으르렁대고 있을 것이다.

유토피아는 존재하지 않지만, 후터라이트의 자치구는 엄연히 지도 위에 있다. 미셸 푸코는 지도 위에 표시할 수 있는, 장소를 가지는 유토피아를 '헤테로토피아heterotopia'라고 이름 지었다. 살아생전 푸코가 팀 스미스의 사진을 보았다면 후터라이트 자치구를 헤테로토피아로 불렀을까? 그는 후터라이트와 견줄 만한 19세기 예수회 수도사들의 파라과이 식민지 이야기를 예로

들며 헤테로토피아를 설명했다.

파라과이에 정착한 수도사들은 토지와 가축을 모두의 것으로 선포했다. 아침 5시면 잠을 깨우는 종소리가 식민지에 울려 퍼졌다. 주민들은 종소리에 맞춰 농장으로 나갔고, 식당으로 향했고, 집으로 돌아왔다. 자정에도 종소리는 울려 퍼졌다. '부부의 기상'이라고 불리는 종소리였다. 수도사들은 매일 밤 즐겁게 종을 당겼다. 식민지를 확장하기 위해서 꼭 필요한 일이었기 때문이다.

캐나다 지도 위에 표시된 후터라이트 자치구의 숫자는 늘고 있다. 자본과 권력에서 벗어난 '다른hetero' 삶이 대초원 위에 퍼져나가고 있는 것이다. 하늘은 그러한 대초원의 모습이 보기 좋다는 듯 무지개를 띄워준다. 숨바꼭질을 하는 아이들의 모습도 무지개처럼 펼쳐진다. 순간을 놓치지 않고 셔터를 누르는 팀 스미스. 대초원의 유토피아, 아니 헤테로토피아는 바로 이런 모습이 아닐까? 나는 팀 스미스의 사진 속으로 들어가 한가로운 저녁을 보내고 싶다는 충동에 빠져든다.

"무지개 너머 어딘가에 / 저 높은 곳에 / 자장가에서 들어본 적이 있던 세계가 있다네……."(영화 〈오즈의 마법사〉 OST 〈무지개 너머에Somewhere Over The Rainbow〉).

머리 사냥꾼들의 땅에 드리워진 그림자

(+)

에드워드 커티스의 사진

우울한 '캐나다 데이'

남태평양에 출몰하던 난폭한 향유고래를 잡으러 떠난 뱃사람의 방대한 항해일지 『모비 딕』의 첫 문장은 간결하다. "Call me Ishmael." 한국어 번역을 찾아보았다. "내 이름은 이슈마엘", "나를 이슈미얼로 불러달라", "내 이름을 이슈메일이라고 해두자"……. 발음이 조금씩 다른 화자의 이름은 유대인의 조상 아브라함의 서자 '이스마엘'과 영어 철자가 똑같다.

　하나님은 약속하셨다. 아브라함이 가나안 땅에서 위대한 민족의 아버지가 될 것이라고. 하지만 아브라함은

80세가 넘어도 자식을 얻지 못했다. 기다림에 지친 아내 '사라'는 몸종 '하갈'을 통해 이스마엘을 얻는다. 그러나 하나님은 약속을 지키셨다. 아브라함이 100세가 되던 해, 사라는 아들 '이삭'을 낳았다. 서자로 전락한 이스마엘은 광야로 쫓겨났다. 지금의 팔레스타인 땅이다. 그래서 이스마엘이라는 이름은 '추방당한 자', '유랑자', '떠돌이'라는 뜻을 담고 있다.

『성경』의 이스마엘은 광야를 떠돌고『모비 딕』의 이스마엘은 바다를 유랑한다. 고래잡이 마을 낸터킷에서 이스마엘은 폴리네시아 식인종 작살잡이와 함께 포경선에 오른다. 선장의 이름은 '에이해브Ahab'다. 유대인 역사에서 폭군으로 기록된 '아합Achab'의 영어식 표기다. 모비 딕에게 한쪽 다리를 잃어 복수심에 불타는 에이해브는 일등 항해사 '스타벅'과 선원들을 거느리고 고래를 추적한다. 포경선의 이름은 '피쿼드pequod'다. 미국 뉴잉글랜드 지방에 정착했던 영국인들이 몰살시킨 인디언 부족의 이름이다.

고래잡이 항해일지 제42장에서 이스마엘은 '고래의 흰색'이 주는 공포감을 햄릿의 독백처럼 늘어놓는다. 흰색은 좀체 포착하기 어려운 무언가를 숨기고 있기에 더 많은 공포심을 불러일으킨다. 거대한 흰색 수의를 걸친 바다 괴물 리바이어던은 심연에서 서서히 모습을 드러내며 피쿼드호를 향해 달려든다. 소설을 '하얀색' 향유고래와 포경선 '피쿼드'의 싸움으로 도식화해본다면, 『모비 딕』은 백인 제국주의에 대한 알레고리로 읽을 수도 있다. 백인들에게 멸종당한 인디언에 대한 이야기인 것이다. 집단학살을 당했던 인디언의 역사는 오대호五大湖 건너편 캐나다에서도 마찬가지였다.

2021년 7월 1일은 캐나다의 154주년 건국 기념일, 이른바 '캐나다 데이Canada Day'였다. 하지만 그날의 캐나다는 우울했다. 국회의사당 첨탑 꼭대기에 걸렸던 붉은 단풍잎의 깃발은 한 폭 아래 내려와 있었다. 캐나다라는 나라가 세워지기 전부터 그곳에 살고 있던 원주민 후손들은 전국 곳곳에서 시위를 벌였다. "캐나다 데이를 취소하라!" 브리티시컬럼비아주 빅토리아시에 있는 영국 탐험가 제임스 쿡James Cook, 1728~1779의 동상이 철거되고 나무로 만든 빨간 드레스가 세워졌다. 매니토바주 위니펙시의 빅토리아 여왕과 엘리자베스 2세 여왕의 동상도 훼손되었다. 시위대의 손팻말에는 "모든 아이가 소중하다Every Child Matters"고 적혀 있었다. 캐나다 정부와 기독교가 운영하던 원주민 기숙학교 인근에서 1,100구에 이르는 어린이 유해가 발견되었던 터였다.

캐나다 정부는 초창기부터 원주민 어린이들을 서구

〈첼리 협곡 나바호족〉, 1904년.
미국 의회도서관 소장

기독교 문명에 동화시키기 위한 학교를 운영했다. 가족들에게서 강제 격리된 기숙학교였다. 선생님들은 입학 첫날 아이들의 머리를 짧게 잘라냈다. 원주민 언어의 사용도 금지시켰다. 육체적이고 성적인 학대도 많았다. 학생들의 빈번한 탈출 시도가 있었다. 하지만 대부분 실패했고 상당수의 어린이들은 고향으로 돌아가지 못했다. 원주민 기숙학교 학생이었던 플로렌스 스파르비에Florence Sparvier는 "그들은 우리가 영혼이 없다고 믿도록 했다"고 회상했다.

캐나다진실화해위원회에 따르면 원주민 기숙학교의 학생 4,100여 명이 영양실조, 질병, 학대 등으로 목숨을 잃었다. 2021년에 발견된 무연고 어린이 유해와 학교와의 관계는 아직 명확한 진상규명이 이루어지지 않았다. 하지만 진상규명과 상관없이 학교가 원주민들의 토착 문화를 말살했다는 점은 확실했다. 캐나다진실화해위원회는 '문화적 제노사이드genocide'라고 언급했다.

인디언을 없애고 사람을 만든다

이웃 나라 미국의 원주민 기숙학교도 사정은 비슷했다(캐나다에서는 북미 대륙의 옛사람들을 캐나다 원주민Indigenous people in Canada으로 부른다. 미국에서도 원주민

Native Americans으로 부르기도 하나 캐나다 원주민과 구분하기 위해 '아메리칸 인디언American Indians'으로 적는다). 입학 첫 날, 선생님들은 아메리칸 인디언 학생들의 이름을 바꾸었다. '앉아 있는 소', '미친 말', '붉은 구름', '검은 매', '점박이 사슴', '하품하는 사람'⋯⋯. 성과 이름이 따로 구분되지 않는 아메리칸 인디언의 이름은 학교는 물론 정부 차원의 신원 조사와 인구 파악을 위한 문서 작업에 적합하지 않았다. 방학이 되어도 어린이들은 집으로 돌아갈 수 없었다. 백인사회 실습 프로그램 '아우팅outing'이 방학 동안 실시되어 백인들의 농장에서 먹고 자고 일했다. 1879년 설립된 첫 번째 아메리칸 인디언 기숙학교였던 칼라일Carlisle의 교육 방침은 '인디언을 없애고 사람을 만든다Kill the indian and save the man'였다.

사라져가는 아메리칸 인디언의 얼굴과 그들의 전통문화를 성실히 기록한 사진가가 있다. 6학년 때 학교를 뛰쳐나와 자신의 카메라를 만들었던 에드워드 커티스Edward Curtis, 1868~1952다. 17세에 사진 견습생이 되었고 2년 만에 본격적인 사진가로서 활동을 시작한다. 거점은 시애틀이다. 시애틀은 두와미시족Duwamish族과 수콰미시족Suqamish族 추장의 이름을 물려받은 미국 북서부의 최대 도시다. 시애틀 추장의 딸 앤절린Angeline 공주를 만난 건, 그래서 운명이었을지도 모른다. 1895년

〈나바호족의 주술 춤〉, 1900년.
영국 웰컴컬렉션 소장

조개를 줍는 노년의 인디언 공주를 사진에 담았고, 이 사진으로 에드워드 커티스는 미국사진협회 금메달을 받았다.

인디언과의 인연은 계속되었다. 1898년 시애틀 동남쪽 레이니어산에서 길을 잃고 헤매는 민속학자 그린웰Green Well을 우연히 만난다. 그리고 다음 해, 해리먼의 알래스카 탐험대에 합류한다. 알래스카까지 자신의 야욕을 펼치고 싶었던 철도왕 에드워드 해리먼Edward Harriman, 1848~1909이 꾸린 탐험대에 속한 그린웰이 에드워드 커티스를 사진사로 초청했던 것이다. 탐험선에 오른 커티스는 손놓았던 학업을 선상에서 이어가며 민속학에 빠져든다. 1년 후 아메리칸 인디언 블랙풋족 Blackfoot族을 찾아 떠나는 탐험대에도 참여한다.

나중에는 커티스가 직접 아메리칸 인디언 탐험대를 꾸리며 인류학자, 저널리스트, 영어를 할 수 있는 인디언을 고용한다. 그의 아메리칸 인디언 사진을 좋아했던 시어도어 루스벨트Theodore Roosevelt, 1858~1919 대통령은 재정적 지원을 받으라며 은행가 J. P. 모건J. P. Morgan, 1837~1913을 소개한다. 하지만 모건의 지원은 충분하지 않았다. 그저 탐험에 필요한 경비 정도였다. 돈벌이가 되지는 않았다는 뜻이다. 가정생활이 좋았을 리 없다. 아내는 이혼을 통보한다. 30년 동안의 아메리칸 인디언 원정을 마쳤을 때 그의 건강은 악화되고 재정도 파탄 난다. 자신의 아메리칸 인디언 프로젝트에 대한 권리도 모건에게 넘겨준다.

에드워드 커티스의 사진들은 그의 사후에 주목을 받았다. 1969년 아메리칸 인디언 대학생 80여 명이 자신들을 '모든 부족의 인디언Indians of All Tribes'이라 선언하며 악명 높은 죄수들을 가두었던 샌프란시스코의 알카트라즈섬을 점령했다. 인디언의 땅을 원래 주인이었던 인디언이 사용할 수 없도록 규정한 '수족(인디언 부족 이름) 협정Sioux Treaty'을 규탄하기 위해서였다. '모든 부족의 인디언'의 알카트라즈섬 점령 사건은 인디언 고유의 문화와 전통을 부활시키려는 '레드 파워Red Power' 운동의 시작을 알리는 신호탄이었다. 에드워드 커티스의 사진을 소장하고 있던 기관들은 그의 사진들을 전시하기 시작했다. 80여 개의 아메리칸 인디언 부족을 담은 4만여 장의 사진이 조금씩 빛을 보기 시작했다.

추방된 인디언을 복원하다

에드워드 커티스를 만났던 20세기 초의 아메리칸 인디언들은 그를 '그림자를 잡는 사람shadow catcher'이라고 불렀다. 그가 찾아다닌 그림자는 사라지는, 혹은 사라져버린 인디언 문화의 흔적들이었다. 백인과의 전쟁에서 패배한 인디언들은 백인들이 정한 보호구역에 수감되었다. 터전을 잃었으니 삶의 방식이 오롯이 남아 있을 수 없었다. 커티스는 인디언들에게 옛날 복장을 하고 전통 생활을 재현해줄 것을 주문했다. 사진만 찍은 것이 아니다. 그들 목소리로 직접 이야기하는 인디언의 생애사를 녹음하고 재현된 전통 의식을 영화 필름에 담았다.

1914년에 제작된 무성영화 〈머리 사냥꾼들의 땅에서In the Land of the Head Hunters〉는 캐나다 정부가 금지했던 콰키우틀족Kwakiutl族의 '포틀래치Potlatch 의식(서로 물건을 나누어주고 남는 것은 불에 태우는 의식)'을 보여준다. 북아메리카의 원주민들이 출연한 최초의 영화였다. 평가는 상이했다. 멜로드라마와 같은 줄거리와 세부 사항들이 사실과 다르다고 민속학자들이 비판했다. 하지만 영화 속에 등장하는 인디언들의 가면과 복장, 건축물, 카누, 춤들은 그들의 생활상을 훌륭하게 재현했다는 칭찬도 있었다. 어떤 이는 그를 비주얼 민속학자로 추켜세웠다.

에드워드 커티스의 아메리칸 인디언 사진은 민속학자의 엄밀함과 솜씨 좋은 인물 사진가의 감수성이 교차한다. 정면과 측면의 사진 앵글은 한 종족의 전형적인 얼굴 형태를 추출하려는 민속학자의 객관적인 접근 방식이다. 하지만 그의 사진은 아메리칸 인디언의 표본을 수집하는 것에서 멈추지 않는다. 유럽의 민속학이나 인류학으로 풀어낼 수 없는 비밀들을 간직하고 있는 눈빛과 표정이 포착되었다. 주술사가 된 사진가는 인디언들에게 태양 춤을 추라고 마법을 건다. 곡기를 끊고 생살을 뜯어내고 신들의 탈을 쓰고 며칠 밤을 지새우며 춤을 추는 인디언들. 그들의 그림자를 낚아채는 사진 주술사. 결국 잃어버린 세계의 문이 다시 열린다.

아메리카 대륙을 발견한 크리스토퍼 콜럼버스 Christopher Columbus, 1451~1506가 찾아 헤맸던 곳도 잃어버린 세계, 에덴동산이었다. 그가 품에 안고 있던 책은 인도로 가는 항해서가 아니라 잃어버린 지상낙원으로 안내하는 피에르 다이Pierre D'Ailly, 1351~1420 추기경의 지리학 논문이었다. 중앙아메리카의 히스파니올라섬에 도착한 콜럼버스는 자신이 에덴동산 근처에 왔다고 믿었다. 신대륙 발견 이후 북아메리카에 이주한 한 침례교 목사는 인디언의 뱀 유적지를 보고 에덴동산이라고 주장했다. 하지만 아메리카 대륙의 원주민은 백인들의 조상이 아니다.

아담과 이브는 그들의 욕심 때문에 추방당했지만 아메리칸 인디언은 타인의 탐욕 때문에 쫓겨났다. 에드워드 커티스는 이러한 백인들의 탐욕을 용서받기 위해 황야를 30년 동안 떠돌았던 게 아닐까? 인류의 원죄를 용서받기 위해 광야에서 고난을 받았던 예수 그리스도처럼. 그는 자신의 사진 작업을 북아메리카에서 추방당한 "위대한 인류"를 기록하는 것이라고 밝혔다.

백인들에게 추방당하기 전에 찍힌 아메리칸 인디언 사진이 하나 있다. OK목장의 결투가 벌어졌던 애리조나 툼스톤의 사진사 카밀루스 S. 플라이Camillus S. Fly, 1849~1901가 포착한 아파치족 전사 제로니모의 사진이다. 플라이는 1886년 3월 제로니모의 항복을 받아내기 위해 로스엠부도스 협곡으로 떠나는 조지 크룩George Crook, 1828~1890 장군의 군대와 동행했다. 사진에 찍힌 제로니모의 모습은 우리가 알던, 화려한 독수리 깃털 머리장식을 두른 아파치족 전사가 아니다. 짙은 색의 양복 상의를 걸쳤다. 다른 아파치족 전사들도 소매 없는 재킷을 걸쳤다. 아메리칸 인디언이 보호구역으로 쫓겨나기 전, 다시 말해 백인들과 전쟁을 벌이던 19세기 말의 인디언은 이미 그들의 전통을 잃어가고 있었던 것이다.

포로가 된 노년의 제로니모는 백인들의 구경거리였다. 1898년 오마하에서 열린 국제박람회에 제로니모는 다른 아시아의 원주민들과 함께 살아 있는 볼거리로 전

〈루스벨트 대통령 취임식 하루 전의 제로니모〉, 1905년.
미국 의회도서관 소장

시되었다. 카우보이의 서부 개척 드라마를 다룬 활극 〈와일드 웨스트 쇼Wild West Show〉의 연출가들은 그를 "가장 나쁜 인디언"으로 출연시켰다. 독수리 깃털 머리 장식을 한 제로니모는 버펄로를 사냥하고 백인들의 머리 가죽을 벗겨냈다.

1905년 시어도어 루스벨트 대통령 취임식에도 초대되었다. 말을 탄 제로니모는 축하 퍼레이드 선두에 섰다. 한때 적군이었던 백인들의 최고사령관을 호위하는 아파치족 전사의 모습은 인디언에 대한 백인의 완전한 승리를 선전했다. 루스벨트 취임식 전날, 에드워드 커티스는 제로니모를 사진에 담았다. 담요를 두른 노년의 인디언 전사는 퀭한 눈빛으로 먼 곳을 쳐다보고 있다. 백인들은 항복하면 고향으로 보내주겠다던 제로니모와의 약속을 지키지 않았다.

금을 캐는 아버지와 예쁜 딸이 살았네

(+)

주명덕의 사진

가족은 천상으로 오르는 계단

"우리의 삶이란 아득한 바닷가에서 모래성을 쌓는 놀이인지도 모른다. 우리의 욕망이란 나뭇잎으로 배를 접어 넓은 바다로 띄워 보내는 소꿉놀이인지도 모른다. 그럼에도 불구하고 내게 있어서 가족은 천상으로 오르는 계단이며, 가없는 하늘가, 고요하고 아득한 바닷가에서 함께 뛰노는 벌거숭이의 아이들이며, 사랑하는 나의 클레멘타인인 것이다."

가족은 한평생을 써도 마르지 않는 샘물 같은 이야기의 원천이다. 우리가 '영원한 청년 작가'라 부르던 고故

최인호 작가가 건강이 허락할 때까지 펜을 놓지 않았던 연재소설도『가족』이었다. 1975년 시작했던 수필 같은 소설은 포켓용 잡지 월간『샘터』를 통해 독자를 만났다. 잡지사 대표가 말했다. "샘터가 없어지거나 당신이 세상을 떠날 때까지 연재하시오." 30세의 최인호가 대답했다. "삶이 다하는 날까지 쓰겠습니다." 연애담과 신혼일기로 시작했던『가족』의 연재는 작가의 손녀가 등장할 정도로 오랫동안 지속되었다. 34년 6개월. 국내 잡지 역사상 가장 긴 연재소설이었다.

스스로 '고통의 축제'라 불렀던 5년이라는 긴 투병의 시간을 보내던 최인호는 '별들의 고향'으로 홀연히 떠나 버렸다. 하지만 최인호가 남겨놓은 가족의 이야기들은 단행본으로 묶여 우리 곁을 떠나지 않고 있다. 1984년 발행된『신혼일기』를 시작으로 2009년『가족 앞모습』과『가족 뒷모습』까지 9권의 단행본이 출판되었다.『가족 앞모습』표지에는 아들 도단이를 목말 태운 32세의 최인호를 찍은 사진이 실려 있다.

사진을 찍은 이는 "함께 있는 내내 웃음이 끊이질 않았던 것으로 기억한다"고 사진 찍던 날의 추억을 책날개에 적었다. 한국을 대표하는 1세대 작가주의 사진가로 평가받는 주명덕이다. 책 사이사이에는 주명덕이 사진기자로 일하던 시절 찍었던 '한국의 가족' 연작을 비

〈한국의 가족, 논산〉, 1971년.
ⓒ주명덕

롯한 15점의 사진이 수록되어 있다.

셀 때마다 1~2명 차이가 날 만큼 등장인물이 많다. 45명인 것 같다. 카메라를 향해 엎드려 절하고 있는 개를 포함한다면 마흔여섯. 1971년 논산에서 찍은 가족 사진이다. 사진을 찍자고 집안 어르신한테 네 차례나 설득했다. 가족들 뒤로 보이는 지붕은 볏짚이다. 아직은 새마을운동의 물결이 미치지 못했던 마을인가 보다. 가족계획사업은 말해 무엇하랴. 같은 해에 찍은 사진이지만 서울 동부이촌동의 가족은 단란하다. '아들딸 구별 말고 둘만 낳아' 잘 기르고 있는 젊은 부부의 가족들이 아파트 창문 너머로 얼굴을 내밀고 있다. 자녀를 낳는 것조차 정부가 간섭했던 시절이다. 당시에는 외로운 풍경이었을 것이다. '1인 가족'이 흔해빠진 지금의 눈으로는 행복해 보인다.

'한국의 가족'은 대가족에서 핵가족으로 넘어가는 시기에 이 땅에서 살아가는 사람들의 모습을 1971년부터 기록한 사진 연작이다. 주명덕의 말에 따르면 "특별히 거창한 의도"는 없었다. 하지만 정부의 생각은 달랐다. 대한민국 가족의 유형에 빈민층은 포함시키고 싶지 않았다. 중앙정보부는 중랑교 일대 판자촌에 사는 가족의 사진을 문제 삼았다. 주명덕의 사진과 함께 『월간중앙』에 실렸던 여성 사회학자 이효재 교수의 빈부 계층별

시리즈 기사도 거슬렀다. 애당초 3년을 기획했던 주명 덕의 '한국의 가족'은 1년을 넘기지 못하고 1972년에 막을 내렸다.

인류는 하나의 대가족이라는 신화

사진기자 시절의 주명덕은 자기와 비슷한 일을 겪었던 독일 사진작가가 있었다는 사실을 알았을까? 모국의 관상학적 초상을 집대성했던 사진작가 아우구스트 잔더 August Sander, 1876~1964의 이야기다. 1929년 아우구스트 잔더는 독일인의 초상을 일곱 가지로 분류한 사진집『시대의 얼굴Face of Our Time』을 출판했다. 계층과 직업, 무역업자, 여성, 도시, 농부, 예술가, 최후의 사람들로 정리한 사진들이다. 나치는 마지막 범주를 문제 삼았다. 백치, 병자, 광인 등의 초상이 담긴 '최후의 사람들'은 나치의 우생학과 아귀가 맞지 않았다. 계급 의식이 은유적으로 표현된 사진집 서문도 눈엣가시였다. 사진집은 모조리 압수당하고 사진건판寫眞乾板도 파괴당했다.

살아남은 잔더의 필름은 모국이 아닌 미국에서 빛을 보게 된다. 뉴욕현대미술관의 사진부 디렉터였던 에드워드 스타이컨Edward Steichen, 1879~1973은 두 차례 세계대전으로 상실된 인간에 대한 믿음을 재건하려는 원대

〈섞여진 이름들, 1963-1965〉.
ⓒ 주명덕

한 기획을 추진했다. 1955년 개막한 대규모 사진전 '인간 가족'이다. 68개국의 사진작가 273명이 촬영한 503점의 사진이 걸렸다. 전범국 독일인의 초상을 담은 잔더의 사진들이 포함된 '인간 가족'은 인류는 하나의 대가족이라는 신화를 만들어냈다. 프랑스 파리에서 열렸던 '인간 가족' 순회전을 본 롤랑 바르트는 "전 세계 모든 나라의 일상생활 속에서 인간이 행하는 몸짓들의 보편성"을 보여주려 한 기획이라고 『현대의 신화』에 썼다.

세계를 돌며 '인간 대가족'이라는 신화를 전시했던 '인간 가족'은 2년 후 서울 경복궁에서도 개최되었다. 6·25 전쟁을 기록했던 사진가 임응식이 '인간 가족'의 국내 전시를 부탁하는 편지를 에드워드 스타이컨에게 보냈던 터였다. 세계대전만큼 혹독한 전쟁을 치른 한국에서 '인간 가족' 개최는 합당했다. 당초 25일 동안 예정되었던 전시는 일주일이 연장될 정도로 흥행에 성공했다.

'인간 가족' 사진전은 국내 사진작가들에게 한국의 사진이 나아가야 할 방향을 제시했다. 당대의 사진가들은 '회화주의'와 '리얼리즘'이라는 대결 구도를 형성하며 자신들의 사진 미학을 경쟁적으로 주장했다. 인류의 생로병사를 기록한 '인간 가족'은 리얼리스트들에게 힘을 실어주었다. 사진비평가 최봉림은 '인간 가족' 한국 전시가 "휴머니즘과 리얼리즘이 한 쌍을 이루는 휴머니즘적 리얼리즘이 상당 기간 한국 사진계의 한 흐름을 형성하는 계기"가 되었다고 설명한다.

2023년의 '한국 사진사 인사이드 아웃 1929-1982' 전시는 '한국의 사진사 54년'을 펼쳐놓았다. 정해창의 '예술사진 개인 전람회'가 광화문빌딩에서 열렸던 1929년에서부터 '임응식 회고전'이 덕수궁 국립현대미술관에서 열렸던 1982년까지의 한국 사진사를 전시했다. 사진 원판에 기초한 프린트와 인쇄물로 구성된 사진의 역사다. 정해창의 사진전은 사진가의 미학적 역량을 개인전으로 선보인 최초의 전시였다는 점에서 역사의 출발점이 되었다. 이후의 사진작가들은 조형성을 강조하는 '회화주의'와 기록성을 중시하는 '리얼리즘'의 큰 흐름을 형성하며 한국의 사진 미학을 구축해나갔다.

"모든 아동은 가족을 가질 권리가 있다"

한국 사진사에서 리얼리즘의 물꼬를 튼 '인간 가족' 이후로 주목해볼 만한 한국 사진작가의 전람회가 있다. 1966년 서울 중앙공보관 제1전시실에서 열렸던 주명덕의 '포토에세이 홀트씨 고아원'이다. 혼혈 고아들의 초상을 담은 주명덕의 사진전은 파문을 일으켰다. 대학생 시절에 찍은 사진이니 그럴 만했다. 신문 문화면에 대서특필되었고, 혼혈아 대책을 마련해야 한다는 논설까지 실렸다. 주명덕은 사진과 함께 글을 첨부하는 미국의 사진 잡지 『라이프』의 형식을 따랐다.

"혈육도 없습니다. 생활도 없습니다. 물론 감정도 없습니다. 단지 내게는 검은 살갗과 거역하지 못할 '숙명'만이 있을 뿐입니다."

인형처럼 큰 눈망울의 어린 소녀가 인형을 품에 안고 우리를 바라보고 있다. 하얀 블라우스 왼쪽 가슴에 적힌 '이혜숙'이라는 한글은 소녀의 이름일까? 흑백사진으로 찍힌 소녀의 얼굴빛은 검다. 원피스와 인형의 피부는 하얗다. 혜숙이가 '인간 가족' 사진전을 관람했다면 어떤 생각을 했을까? 품에 안은 인형처럼 어른이 되면 하얗게 변하리라 기대했을까? 아니면 약간은 누레질 것이라 예상했을까? 혜숙이의 친구들도 그렇게 생각했을까? 쏠리맥, 데이비드, 조, 남아, 순남……. 미국식 이름과 한국 이름을 가진 아이들이 함께 사는 고아원의 아이들 얼굴도 '인간 가족'이라는 신화에 삽화로 첨부될 수 있을까? '포토에세이 홀트씨 고아원'의 초상들은 1969년 『섞여진 이름들』이라는 제목의 사진집으로 출판된다.

청년 주명덕이 혜숙이를 만날 수 있었던 것은 누이 덕분이다. 1963년이었다. 고아원에서 자원봉사 활동을

〈섞여진 이름들, 1963-1965〉.
ⓒ 주명덕

한다던 누이가 며칠 동안 집에 들어오지 않았다. 걱정하는 어머니는 누이의 소재를 파악하기 위해 대학생 아들을 보냈다. 고아원에 발을 들여놓은 주명덕은 아이들의 반 이상이 혼혈이라는 사실에 놀랐다. 한국의 전쟁고아들을 카메라에 담은 다큐멘터리를 보고 "모든 아동은 가정을 가질 권리가 있다"는 신념을 갖게 된 미국인 해리 홀트Harry Holt, 1904~1964가 운영하는 고아원이었다. 주명덕은 아이들에게 장난감도 사주고 편지도 썼다. 아이들과의 만남은 3년 동안 지속되었다. 백인, 흑인, 한국인의 얼굴이 섞인 초상을 사진에 담기 위한 최소한의 시간이었을 것이다.

『섞여진 이름들』은 사진으로 기록된 한국 최초의 다큐멘터리다. 주명덕은 사진집 뒷장에 "하나의 주제를 선택하여 이념과 주장으로 카메라에 모아 놓게 하는 모티브가 되었다"고 후기를 적으며 자신의 카메라가 향해야 할 곳을 제시했다. "앞으로 나의 사진은, 우리의 고유한 전통을 모아서 우리의 문제들을 현실에서 찾아서, 사회에 반영시키기 위해 노력한 그 결과가 될 것이다." 29세의 사진작가는 초심을 지켜나갔다. 주명덕은 작가 노트에 '한국'이라는 단어를 많이 채워나갔다. '한국의 이방', '은발의 한국인', '한국의 메타모포시스', '한국의 가족'…….

주명덕이 전국을 돌며 한국의 가족 사진을 찍고 있던 시절에 자기 가족들을 찍은 사진들을 전시장에 건 사진작가가 있었다. 사진의 리얼리즘을 고민했던 '현대사진연구회'를 창립한 고故 전몽각이다. 그는 밥벌이를 위해 토목공학자의 길을 포기할 수 없었지만 사진기를 내려놓지도 않았다. 1971년 열렸던 전몽각의 개인전 '윤미네 집'은 큰딸이 태어나던 1964년부터 찍었던 가족 앨범이다.

윤미가 14세가 될 무렵 전몽각은 가족 앨범을 동명의 개인전으로 다시 공개했다. 그는 딸이 시집가던 날까지 카메라를 놓지 않았다. 26년이라는 긴 시간이었다. 소설가 최인호가 『가족』을 연재하기 이전부터 전몽각은 사진에 담긴 가족의 이야기를 우리에게 들려주고 있었던 것이다. 손에 쥔 도구는 달랐지만 전몽각과 최인호는 가장 사적이고 내밀한 이야기를 한국 중산층 가족의 연대기로 엮어낸 낭만적인 리얼리스트였다.

큰딸이 시집가자 전몽각은 『윤미네 집』을 사진집으로 기념하고 싶었다. 사진집을 편집하고 출판한 이는 주명덕이었다. '윤미 태어나서 시집가던 날까지'라는 부제를 달았다. 사진집의 마지막은 성인이 된 윤미가 시집가던 날의 장면이다. 딸의 손을 잡은 전몽각이 결혼식장에 들어선다. 셔터를 누른 이는 전몽각과 주명덕의 사진 친구 강운구였다. 노년의 강운구는 지금까지도 꾸준하게 사랑받는 사진집『윤미네 집』의 인기 비결을 궁금해한다. 김수영의 시「나의 가족」은 이에 대한 답변이 될 수 있을까?

"제각각 자기 생각에 빠져 있으면서 / 그래도 조금이나 부자연한 곳이 없는 / 이 가족의 조화와 통일을 / 나는 무엇이라고 불러야 할 것이냐."

시대의 초상들, 시간의 문을 열다

(+)

강운구의 사진

강운구의 타임캡슐이 개봉되었다

"김형, 꿈틀거리는 것을 사랑하십니까?" 새로운 사람을 만나면 '꿈틀거림'에 대한 이야기를 꺼낸다는 대학원생의 질문에 김형이 대답한다. "사랑하고 말고요." 김형은 생각했다. 추억이란 슬픈 것이든 기쁜 것이든 그것을 생각하는 사람을 의기양양하게 한다고. 나는 사진가 강운구가 찍은 소설가 김승옥의 초상을 보며 그의 단편소설 「서울, 1964년 겨울」에 적힌 '꿈틀거림'에 대해 생각했다. 야간 통행금지가 있는 어둡던 시절, 창문을 통해 쏟아져 내리는 태양빛이 사선으로 명암을 만들어내는 서울의 어딘가에서 사진가와 소설가가 마주하고 있다. 신문을 손에 들고 벽에 기대어 사진가를 바라보는 김승옥. 꿈틀거리는 빛의 명멸을 소설가의 얼굴에서 낚아챈 강운구.

"시간과 겨루기에서 슬프지 않은 것은 없다." 2001년 '마을 삼부작'을 발표한 강운구의 작가 노트에는 그렇게 적혀 있다. 새마을을 만들겠다며 시골집들의 지붕을 뜯어고치던 시절에 찍은 마을의 풍경들에 대한 감회다. 그리고 시간은 어김없이 훌쩍 지나갔다. 마을 풍경들을 찍던 그 시절의 빛을 간직한 필름 매거진을 보관했던 상자를 뒤적였다. 이번에 현상되고 인화된 사진들은 장소가 아니라 사람들의 얼굴이다. 사진가는 이렇게 말했다. "50년 동안 저장했던 강운구의 타임캡슐이 개봉되었다."

'사람의 그때'(2021)는 1960년대 후반부터 기록해온 160명의 문인과 예술인의 초상 사진전이다. 소설가 이청준·박경리, 시인 서정주·박두진, 평론가 염무웅·백낙청, 사진가 김기찬·한정식·황규태, 화가 장욱진·천경자, 건축가 김수근, 출판인 한창기……. 강운구는 이렇게 많은 사람을 어떻게 만났을까? 사람의 반세기는 그만큼의 사람들을 만날 수 있는 시간인 것일까?

전람회는 먼 곳에서 열리고 있었다. 부산 해운대구

〈소설가 김승옥〉, 1976년.

© 강운구

의 요트 선착장과 가까운 곳에 있는 고은사진미술관. 비행기를 탈까? 아니면 1970년에 완공된 경부고속도로를 달리며 그 시절을 떠올려볼까? 이런, 한심하기는. 1970년대에 태어난 내가 그 시절에 대해 무엇을 안다고 감정이입을 하려 했을까? 오래전 사진가가 쓴『강운구 사진론』을 배낭에 넣고 부산행 기차를 탔다.

문인과 예술인의 초상 사진들은 전시장 입구 양쪽에서 두 줄기로 뻗어나간다. 소설가 김원일을 시작으로 왼쪽은 글 쓰는 사람들이, 오른쪽은 화가 윤형근을 비롯한 시각예술가들의 초상이 이어진다. 강운구는 전시회 구성의 맥을 산맥과 강물로 비유했다. 1970~1980년대 우리 문화예술의 지형을 형성했던 산맥과 강물이 두 줄기로 요동치며 흐르다가 전시장의 중심에서 만나 소용돌이치며 뒤섞인다. 그 중심에는 이름 없는, 아니 이름을 알 수 없는 화가 한 명의 사진이 걸려 있다.

반세기 전의 문인과 예술인의 얼굴들을 마주하며 무엇을 이야기할 수 있을까? 여성 관람객 3명이 사진 속 인물의 의상과 소품들을 반기며 수다를 떨었다. 사진이 관람객들에게 말을 걸고 있다고 생각하니 그 소란함이 나쁘지 않았다. 사진미술관의 학예사는 다양한 연령층의 관람객들이 찾아와 조용했던 사진미술관이 오랜만에 활기를 띠고 있다며 반색했다.

밥 사진론

서울로 향하는 기차 객석에서 다시『강운구 사진론』을 펼쳐놓고 '사람의 그때'를 떠올렸다. 초상의 주인공들 중 많은 이가 세상을 떠났다. 강운구의 말처럼 시간과의 겨루기는 슬픈 것이다. 그러나 사진은 슬프지 않다고, 강운구는 그의 책에 적어놓았다. 화석 같은 흔적만 남기고 사라진 것들이 슬플 뿐이라는 것이다. '화석'이란 단어에서 롤랑 바르트의 말들이 떠올랐지만 생각을 접었다.『강운구 사진론』은 한국적인 사진을 추구했던 그의 사진 철학서다. 원로의 사진가는 사진을 재구성하는 미술계의 흐름에 동승한 젊은 사진가들을 걱정한다. 사진은 사진다워야 한다는 것이 그의 지론이다. 이른바 강운구의 '밥 사진론'이다.

"쌀로는 밥 말고도 떡이나 죽, 그리고 튀밥 같은 것들을 만들 수도 있다. 그러나 주식인, 뻔한 쌀밥을 짓는 것이 가장 쌀답게 쓰는 것이다. 사진도 그렇다. 그러므로 기반이 약한 우리나라의 사진에서는 쌀밥 타령을 아직은 해야만 된다."

서울 광화문 근처에서 강운구를 만났다. 사진 이론서가 전무했던 시절, 젊었던 그는 어렵게 외국 서적을 구해 번역하며 사진의 본질을 이해했다. 프랑스 사진작가 앙리 카르티에 브레송Henri Cartier Bresson, 1908~2004 은 결정적인 순간에 대해 이야기했다. 강운구가 받아들인 강운구의 '결정적인 순간'이란 "찍고자 하는 대상의 선과 면, 그리고 광선의 상태가 어우러져 완전하게 구도가 잡히고, 피사체와 사진가의 감정이 일치하는 순간"이다. 그에게 초상 사진의 결정적인 순간에 대해 물었다.

"사람을 제대로 찍으려면, 발품을 팔아 그 사람이 머무는 곳으로 찾아가야 한다. 그래야 제대로 된 빛을 사진에 담을 수 있다. 그 사람의 아우라는 그 사람이 오래 머물면서 이루어낸 고유의 환경에서 뿜어져 나오는 법이다. 그만의 공간에서 쏟아지는 빛과 그늘이 사람들 얼굴 위에서 부단히 교차한다. 어떤 빛을 받아들일지는 사진가의 태도에 달려 있다. 유섭 카시Yousuf Karsh처럼 아첨해서도 안 되고, 리처드 애버던Richard Avedon처럼 빈정거리는 것도 곤란하다(두 사람 모두 유명한 초상 사진 작가다). 결정은 늘 찍히는 이들 스스로가 하는 것이다. 나는 말없이 그 사람들의 행위를 그대로 받아들였다."

사람들을 찍으러 갈 때마다 지러 간다고 강운구는 자기 자신에게 말했다. 찍히는 대상들이 이겨야 그 사람 모습이 그 사람답게 찍힐 것이라는 게 그의 굳은 믿음이다. 결정적인 순간은 사람마다 달랐다. 화가 장욱

〈화가 장욱진〉, 1983년.

ⓒ 강운구

진처럼 사진가의 존재를 의식하지 않는 사람들이 있는 반면, 카메라만 들면 몸이 굳어버리는 소설가 박태순 같은 예민한 사람들도 있었다. 몇 컷 찍지도 않았는데, 박태순은 '이제 다 찍었죠?'라고 말하며 진땀을 흘렸다. 사진가는 그렇다고 고개를 끄덕였다. 그제야 마음이 편해진 박태순이 담배에 불을 붙였다. 사진가는 잽싸게 그 순간과 장면을 낚아챘다. 카메라 앞에서 연기하는 사람도 있었다. 기다려도 그 모습이 달라지지 않는 사람들이 있다. 그럴 때면 그런 모습 또한 그 사람의 성격이라 생각해 강운구는 셔터를 눌렀다.

사진은 슬프지 않다

반세기 전부터 찍었던 시대의 초상들에는 문인과 시각예술인만 있었던 것은 아니다. 음악을 하는 사람도 있고, 기억은 나지만 필름을 찾지 못해 현상할 수 없었던 초상들도 있다. 유명하다는 사람들을 억지로 찾아다니지 않았다. 『우연 또는 필연』이라는 그의 사진집 제목처럼 살면서 어쩌다가 인연이 닿게 되면 만났던 것이다.

건축가 김수근과의 만남은 출판인 한창기 덕분에 이루어졌다. 둘은 허물없는 친구였다. 한창기가 말했다. "참 이상해, 어째서 이 세상이 필요로 하는 사람들은 일

찍 떠나게 될까?" 살날이 얼마 남지 않은 김수근의 사진을 강운구는 찍지 못했다. 나중에 사연을 알게 된 김수근이 다시 그들을 불렀다. 김수근은 "맘대로 찍어"라고 말했지만 강운구는 쩔쩔맸다. 한 인생의 마지막 사진을 찍는 것은 곤혹스러운 일이었다. 옆에 있던 한창기는 김수근의 옷매무새를 가다듬어주며 멋있다고 그를 격려했다.

"덧없는 삶에 덧없는 사진." 얼마 후, 한창기가 친구를 따라 세상을 떠났을 때 강운구는 "덧없다"는 말을 반복했다. 강운구는 한창기가 만들었던 잡지『뿌리깊은 나무』를 통해 그와 인연을 맺었다. 자신이 기획한 사진을 찍기 위해 신문사 사진기자를 그만둔 그에게 한창기가 잡지의 지면을 제공했다. 각별할 수밖에 없는 사람이었던 한창기가 임종을 앞두자 강운구는 또다시 사람의 마지막 사진이 될 얼굴을 찾아야 했다. 두 장을 골랐다. 양복을 입은 사진과 한복을 입은 사진. 양복 사진을 먼저 그에게 내밀었다. "좋다!" 잡지에 실릴 사진을 고를 때는 깐깐했던 한창기가 첫 사진이 좋단다. 또 다른 고민을 안겨주기 싫었던 강운구는 한복 사진을 꺼내지 않았다.

한창기는 그의 생애 마지막 여름 충주호 근처에서 요양했다. 물을 보면 좋다는 말을 들었단다. 강운구는

〈건축가 김수근〉, 1986년.
ⓒ 강운구

〈출판인 한창기〉, 1996년.
ⓒ 강운구

한창기와 함께 물가로 갔다. 바위에 걸터앉은 한창기는 먼 산과 하늘, 물을 바라보고 또 바라보았다. 찰칵. 한창기의 뒷모습을 찍었다. 그리고 아무도 말이 없었다. "물도 그 안에 잠긴 산도 한낮의 어둠이 삼켜버린 듯했다"고 강운구는 기억했다.

"강운구에게 찍히면 안 준다. 다들 그렇게 말했다. 지금에서야 그들의 얼굴을 보여주어서 죄송하다. 아직 살아 있을 때, 건강할 때 보여드렸어야 했는데……."

회상에 잠긴 사진가의 눈시울이 젖어들었던가? 나의 착각이었을 것이다. 강운구는 힘이 세다. 나는 그가 만났던 이청준의 중편소설 「시간의 문」에 등장하는 사진가 유종열의 모습과 강운구를 겹쳐 놓아본다. 사진기자였던 유종열은 신문사를 그만두고 미래를 찍는 사진가가 되려 한다.

"난 내가 찍는 사진을 당시로서는 아무것도 해석을 하려 하지 않아요. 다만 사진을 찍는 것뿐이지요. 해석은 훨씬 나중의 일이에요. 사진들은 나중에 인화가 될 때 비로소 내 해석을 얻게 되고 현실의 의미도 지니게 된단 말입니다. 그렇다면 내가 그 사진을 찍는 일은 무엇이 됩니까. 나는 오히려 미래의 시간대를 찍고 있는 거지요. 그리고 그때의 내 시간은 미래의 이름으로 살아지고 있는 셈이구요."

이청준이 강운구가 개봉했다고 말한 '사람의 그때'라는 타임캡슐을 보았다면 '시간의 문'이라고 말하지 않았을까? 강운구의 표현은 조금 달랐다. "시간은 시계 속에 그대로이고 사람들은 지나갔다." 그래서 시간과의 겨루기는 항상 슬프다. 그러나 사진은 슬프지 않다. 강운구가 찍은 시대의 초상들은 '시간의 문' 저 너머에 그대로다.

털보 산장지기와 반달곰을 찾아서

(+)

김근원의 사진

산장지기와 사진가

노고단의 밤은 유난히도 추웠나 보다. 고단했던 몸을 추스르고 겨우 눈을 뜨니 산장의 유리창에는 얼음꽃이 피지 못하고 이파리들만 들러붙어 있었다. 창가의 랜턴은 밤늦도록 꺼지지 않았나 보다. 얼음 이파리들은 랜턴 가까이에는 날카로운 손을 뻗지 못했다. 산장의 손님들은 불멍에 빠져들었을까? 텁수룩한 털보 산장지기의 만담에 잠 못 이루는 이들도 있었을 것이다. 혹시나 있을 길 잃은 등산객을 위해 호롱불을 끌 수는 없었기에 산장지기는 입담을 키워야 했을 것이다.

산장지기들은 왜 하나같이 털보였을까? 이야기보따리를 무성한 털 속에 숨겨놓기 위해서? 아직도 못다 한 이야기가 많았을 텐데, 산장지기들은 어느새인가 우리 산에서 사라지고 말았다. 그들이 지키던 정상 언저리의 터는 군사시설 같은 이름의 '대피소'가 들어섰다. 조훈현 9단에게 커피 심부름을 시키던 빨간 베레모를 쓴 산장지기는 지금 무엇을 하고 있을까?

설악산 용대리의 새끼 반달곰이 등산객의 과자를 받아먹던 시절 이야기다. 산꾼들이 한국 산악사의 허리 부분이라고 지목하는 1950년대 중반에서 1980년대까지의 풍경들. 산악사진가 김근원은 등반 기념으로 세운 돌무덤 케른cairn처럼 그 시절의 산 사진들을 차곡차곡 쌓아올렸다. 식물학자 정영호 교수는 1986년 『한국식물분류학사개설』 초입에 김근원의 사진을 싣고 '케른'이라는 호를 헌정했다.

2022년은 고故 케른 김근원의 탄생 100주년이었다. 유고 사진집 『산의 기억』과 같은 제목의 사진전이 그해 서울 인사동 경인미술관에서 열렸다. 회현동의 전시공간 '피크닉'은 '국내 여행Grand Tour Korea'의 한 테마인 '첩첩산중'에서 그의 사진들을 걸고 유품들도 공개했다. 김영일이 찍은 평창의 산 사진 영상과 고故 김영갑의 제주도 오름, 영국 작가 마이클 케나Michael Kenna가 찍은 신

〈지리산 노고단 산장〉, 1983년.

© 김근원

안의 섬과 바다 사진들도 감상할 수 있었다.

『산의 기억』은 '사진가 김근원의 산과 사람들'이라는 부제처럼 산에서 만난 인연에 대한 이야기이기도 하다. 인연은 산에 처음 발을 들여놓았을 때부터 시작되었다. 북한산에서 길을 잃고 헤매던 김근원은 한 소년의 도움을 받아 백운대까지 올랐다. 2년 후 울릉도와 독도 탐사를 떠나는 해군 함정에서 그는 소년을 다시 만났다. 소년의 이름은 유창서였다. 훗날 그 앳된 소년이 '설악산 반달곰'이라고 불리는 권금성의 털보 산장지기가 될 줄 누가 알았을까?

모든 인연이 소중하지만, 김근원에게 산장지기는 각별하다. 산장이 없었다면 새벽녘, 해 질 무렵의 그 많은 풍광을 찍을 수는 없었을 것이다. 산장지기는 김근원의 진정한 후원자였던 셈이다. 그가 사진전을 열면 설악산, 지리산, 북한산의 산장지기들은 출석 도장을 찍었다. '지리산 호랑이'라 불리며 지리산이 국립공원으로 지정되는 데 일등 공신 역할을 했던 노고단 산장지기 함태식은 "김근원 사진전은 함태식 음주전"이라며 술을 대놓고 마셨다. 김근원은 사진을 만들 때마다 산장지기를 그리워했다. 털보 산장지기들은 겨울 산에서 추위에 떨며 사진을 찍고 돌아오는 김근원에게 뜨거운 커피부터 안겨주었다. "자 여기 왔으면 우선, 따뜨으웃한 커피

한 잔, 먼저 해야 합니다."

아들이 아버지가 되다

김근원의 유산을 보존하고 발굴하는 서울 용산의 작업실을 산장지기처럼 지키는 그의 아들 김상훈이 원두를 갈아 커피를 내렸다. 종로의 집을 찾아온 산악인들에게 아버지가 그랬던 것처럼 말이다. 곰보빵 한 조각에 커피 한 모금을 마신 아들은 아버지의 산 이야기를 풀어놓았다. 『잃어버린 시간을 찾아서』에서 마르셀 프루스트Marcel Proust, 1871~1922가 먹었던 홍차에 적신 '마들렌 효과'란 이런 것인가? 아버지의 이야기에 빠져든 아들의 입가에서, 나는 노적봉에 앉아 먼 산을 바라보는 김근원의 미소를 보고 있었다. 김근원의 '잃어버린 시간'이 살아나는 순간이었다.

북한산과 더불어 한국 알피니즘alpinism의 요람이었던 도봉산의 오봉을 배경으로 찍은 아주 평범한 기념사진 한 장이 있다. 한국산악회의 나무 심기 행사가 열렸던 1965년의 따뜻한 봄날이었다. 아버지는 두 아들을 데리고 도봉산에 올랐다. 아버지의 친구들도 동행했다. 설악산 백담산장 지킴이 윤두선, 북한산 인수봉 정면벽 바윗길을 개척한 김정태, 성악가이자 중학교 음악

교사였던 양천종이다. 우이암에 이르자 아버지는 세 친구 사이에 두 아들을 세웠다. 찰칵. 김근원은 무엇을 위해 이 5명의 기념사진을 찍었을까?

"아버지가 굳이 이분들과 함께 사진을 찍게 했던 의도가 무엇인지, 이제야 알게 되었습니다."

기념사진의 중심에서 포즈를 잡고 있던 중학생은 훗날 아버지처럼 사진작가가 된다. 김근원의 장남 김상훈이다. 아버지의 과업을 이어받겠다는 원대한 포부 같은 것이 있었던 것은 아니다. 공부가 시원치 않아 대학 예비고사도 떨어졌다. 재수도 별 소용없었다. 그러던 차에 서라벌예술대학교 학생 모집 광고가 우연히 눈에 들어왔다. 한번 해볼까? '그 아버지에 그 아들'이란 말은 괜히 속담이 된 게 아니었다. 합격증을 보여주자 아버지는 '씨익' 웃었다.

아버지는 23만 점이 넘는 사진을 남기고 25년 전 세상을 떠났다. 아들은 방대한 아버지의 유산 앞에서 망연자실했다. '내가 과연 아버지의 사진들을 정리할 수 있을까?' 막상 시작하니 자책감이 들었다. '이런 귀중한 자료가 사라질 뻔했구나!' 4,000장이 넘는 사진을 디지털로 복원하니 글을 쓸 수 있겠다는 생각이 들었다. 사진들 속에는 살아생전 아버지가 들려주시던 산에 대한 이야기들이 숨겨져 있었다. 팩트 확인을 위해 사진에

〈북한산 백운대〉, 1958년.

ⓒ 김근원

찍힌 인물들을 찾아다녔다.

도봉산 선인봉 B코스를 초등初竇한 산악회 슈타인만클럽(한국산악회 산하 단위산악모임)의 전담, 소년 시절에 만나 아버지와 인연을 이어갔던 설악산 권금성 산장지기 유창서 등 원로 산악인들은 아들의 기억에 대한 보증인이 되어주었다. 아버지와 산 친구들, 자신의 기억을 버무린 아들은 결심했다. 자기 자신이 아버지가 되기로! 아버지의 탈을 쓴 김상훈은 1인칭 시점으로 글을 썼다. 안 될 거 없었다. 살아생전 아버지가 청탁받은 원고를 아들이 대신 써주기도 했다. 아들은 케른 김근원의 공인받은 대필 작가였던 것이다. 2021년에 출판된 『산의 기억』에 수록된 사진들과 이야기는 이렇게 복원되었다.

"산이 아름다워서 내가 아름답게 느꼈는지, 아니면 내 마음이 아름답게 보려고 했는지 몰라도, 나는 결국 그곳으로 발걸음을 옮기고야 말았다."

사라지는 것들에 맞서서

1954년 10월 거대한 바위로 솟구친 북한산이 아버지의 눈을 사로잡았다. 일제 강제징용과 6·25 전쟁에서 살아남았던 아버지가 가족 곁에 머물지 않고 밖으로 뛰쳐나간 이유를 김근원의 아들은 끝내 헤아릴 수 없어 "신비로운 일이 아닐 수 없다"고 썼다. 산을 오르지 않는 이들은 대개 등산의 이유를 묻는다. 아버지는 옹색한 변명이 싫었다. 아이들, 어머니, 아내에게 떳떳하게 이유를 밝혀야 했다. 확실한 이유는 바로 사진이었다. 배낭에 넣어 다니던 작고 까만 카메라! 소년 시절 삼촌에게서 선물받은 카메라는 산과 아버지를 탯줄처럼 연결시켰다.

한국산악회 등 크고 작은 산악 모임은 아버지의 길라잡이가 되었다. 해방 후, 한국산악회는 일제하에 유린당했던 국토의 구명을 위한 운동을 벌였다. 이른바 '국토구명사업'이었는데, 많은 지식인이 참여하고 각종 과학 장비를 동원해 우리 국토에 대한 학술조사 사업을 이어갔다. 등산을 마치면 뒤풀이가 아니라 보고회를 열었다. 아버지도 사진 보고전을 개최했다.

1956년 울릉도와 독도 탐사를 시작으로 설악산 등 전국 명산의 보고전을 이어가며 산악사진가로서 명성을 '케른처럼' 쌓아갔다. 1967년 일본 산악사진협회 해외사진가상도 수상했다. 미국의 사진가 앤설 애덤스Ansel Adams, 1902~1984의 〈달과 하프돔Moon and Half Dome〉(1960)을 연상시키는 도봉산 선인봉 사진이 1976년 국제산악연맹 회보 표지에 실렸다. 누구도 시도하지 않

〈북한산 백운대와 인수봉, 만경대의 파노라마〉, 1956년.

ⓒ 김근원

았던 사진술을 성공시켰다. 35밀리미터 필름 카메라에 항공 필름을 장착해 사진의 해상도를 탁월하게 높이는 사진술이었다. 아버지의 밀도 높은 사진을 본 이들은 아버지의 작은 카메라를 번갈아보며 혀를 내둘렀다.

1989년 한국산악사진가회가 창립되자 아버지가 회장으로 추대되었다. 케른 김근원은 명실공히 대한민국 제1의 산악사진가였다. 하지만 한계가 있었다. 산악계를 벗어난 곳에서 아버지의 이름을 알고 있는 이는 별로 없었다. 아들은 필름을 복원하는 과정에서 그 이유를 발견했다. 아버지는 오로지 산악사진의 예술성에만 승부를 걸었고, 시대적 코드를 흥미롭게 읽을 수 있는 사람들이 등장하는 사진들의 진가를 알아차리지 못했다.

1956년 노적봉에서 찍은 〈북한산 백운대와 인수봉, 만경대의 파노라마〉가 대표적이다. 제각기 다른 산세를 자랑하는 세 봉우리의 자태를 지켜보는 산악인 4명의 뒷모습이 아주 인상적이다. 모직 양복을 입고 사파리 모자와 '도리구찌'라 불렀던 사냥 모자를 쓴 산악인들의 뒤태는 고가의 아웃도어 브랜드가 넘쳐나는 지금보다 더

멋스러워 보인다. 특히 등산용 밧줄인 자일을 둘러메고 청바지 뒷주머니에 손을 얹은 이의 포즈는 가히 패션 모델처럼 느껴진다. 아들은 이 파노라마 사진을 아버지의 사진집 『산의 기억』 표지로 펼쳐놓았다.

'10년이면 강산이 변한다'는 말은 틀렸다. 아들은 아버지의 사진을 보며 "산은 태초의 자태 그대로다"고 적는다. 변한 것은 다만 인간사일 뿐이라는 것이다. 1959년에 찍은 지리산 사진을 보면 천왕봉은 그대로다. 하지만 거기에서 천막을 치고 매점을 운영하던 사람들의 풍경은 사라졌다. 장터목에서 도벌盜伐하는 나무꾼들을 이제 마주칠 수는 없으며, 노고단 산장에서 만났던 반야봉을 좋아한다던 법정 스님도 이미 세상을 떠났다.

한라산은 어떠한가? 1957년에 찍힌 백록담 사진에는 분화구 풀밭 위에서 야영하는 장면이 포착되어 있다. 1958년 설악산에서 만났던 젊은 스님은 득도하셨을까? 울산암 아래서 흔들바위를 밀고 있던 스님에게 이유를 물었더니 이렇게 대답했다. "큰스님이 흔들릴 때까지 밀라 하셨습니다." 일행이 다시 물었다. "뭘, 크게 잘못하셨나 보죠?" 스님은 '씨익' 웃더니 사라져버렸다.

사진은 사라지는 것들에 맞선다. 이것이 바로 사진의 가장 큰 힘이다. 우리는 그래서 오래된 사진을 보며 '시간의 덧없음'에 당혹해하기도 한다. 겨울 온실에서 찍은 어머니의 사진을 보며 롤랑 바르트가 전율했던 이유는 바로 시간을 되돌리는 사진의 능력 때문일 것이다. 아버지의 사진을 복원하는 김상훈은 이러한 사진의 힘을 알고 있다. 그는 오늘도 작업실 스캐너에 아버지의 필름을 건다. 서둘러야 한다. 아직도 되돌리지 못한 김근원의 시간들이 거대한 산처럼 쌓여 있기 때문이다.

제2장

기억은 비탈진

골목길에 닻을

내리고 있다

늙은 사냥꾼의 겨울 동화

(+)

펜티 사말라티의 사진

사진기는 사진 찍기를 애타게 기다린다

사진에는 없는 게 많다. 목소리, 향기, 맛, 감촉, 움직임……. 있는 것이라고는 고작 외눈박이 렌즈에 통과된 한 줄기 빛뿐인데, 어떤 빛은 사진이 현상되는 것처럼 마음 깊숙한 어딘가에 강렬하게 들러붙으며 파장을 일으킨다. 누군가는 돌이킬 수 없는 과거의 흔적을 보여주기 때문이라고 한다. 어떤 이는 진실함 때문이라고 한다. 하지만 내게 울림을 주는 사진의 마력은 다른 곳에 있다. 사진은 늘 무언가 부족하다. 좋은 사진일수록 그렇다. 상상의 여지가 침투할 수 있는 공간이 큰 사진

일수록 울림의 파장은 증폭된다.

색깔이 없는 흑백사진은 그래서 더 뭉클하다. 흑백의 반대는 컬러가 아니다. 컬러는 그 속에 이미 흑백을 품고 있다. 흑백필름은 화려한 색계色界의 스펙트럼에서 빛의 명암만을 추출해 받아들인다. 그래서 흑백은 추상이다. 그리고 흑백은 개념이다. 흑과 백은 "관념 속에서만 존재하는 한계치"라고 미디어 이론가 빌렘 플루서Vilém Flusser, 1920~1991는 말한다. 흑은 빛 속에 포함된 모든 진동의 총체적인 부재이고, 백은 모든 진동의 총체적인 현존이다.

흑백의 상태는 광학 이론이기 때문에 현실에 없다. 그러나 흑백사진은 존재한다. 개념의 흑백이 현실에 가장 근사치로 접근했을 때는 언제일까? 나는 겨울의 풍경을 담은 흑백사진 속에서 개념과 추상의 흑백을 찾아 헤매기도 한다. 겨울이 아름다울 수 있는 이유도 없는 게 많기 때문이다. 마지막 잎새까지 붉은빛으로 타들어간 가을이 저물면 모노톤의 겨울 왕국이 시작된다. 겨울은 계절이라 할 수 없을지도 모른다. 겨울은 그저 가을의 끝자락에서 시작되는 봄의 기다림이리라.

사진도 기다림이다. "사진기는 사진 찍기를 애타게 기다리면서, 이를 위해 이를 갈고 있다"고 빌렘 플루서는 사진 찍기를 맹수의 이빨에 비유했다. 카메라의 이빨은 셔터다. 노년의 사진작가 펜티 사말라티Pentti Sammallahti는 사진 찍는 행위를 다른 동물에 비유했다. "나는 포인터 개처럼 셔터를 누를 시점을 기다린다. 운과 그때 상황에 모든 게 달려 있다."

영국 사냥개 '포인터pointer'는 사냥감을 발견하면 꼬리를 빳빳이 세우고 다리 하나를 든다. 사냥감이 있는 곳의 방향을 알려주는 것이다. 사냥의 결정적인 순간을 판단하는 것은 사냥꾼의 육감이다. 그것은 육감이라고 표현할 수밖에 없다. 연못에서 개구리가 얼굴을 내밀고, 골든리트리버처럼 덩치 큰 개를 노려보며 짖어대는 까만 새, 고장난 자동차 엔진룸을 열고 수리 중인 한 남성을 바라보는 새, 염소를 올라탄 원숭이, 잠자는 소 등 위에서 잠자는 개를 찍을 수 있는 기회는 마냥 기다린다고 얻어걸리는 장면은 아니다. 어떤 일이 벌어질 것 같다는 야릇한 느낌이 있어야 사진가의 기다림은 가능하다. 늙은 사냥꾼의 표현은 간결하다. "운이 좋았죠!"

한국의 겨울이 포근하다며 농하던 사진가의 고향은 북유럽의 핀란드다. 영국인들이 난방을 시작한다는 영하 10도의 날씨에 핀란드 사람들은 슬슬 긴소매 옷을 입기 시작한다나. 영토 대부분은 타이가taiga라 불리는 침엽수림이다. 타이가는 무수히 많은 호수를 품고 있다. 숲과 호수를 보호하는 것은 물론 어른들의 눈에는

⟨Solovki White Sea Russia⟩, 1992년.
ⓒ 펜티 사말라티, 공근혜갤러리 제공

보이지 않는 요정들과 정령들이리라.

솔로베츠키의 겨울 이야기

부러진 나뭇가지 하나가 기이한 모양새를 하고 있다. 수도 헬싱키의 이름 모를 숲이다. 완벽하게 수평을 이룬 나뭇가지 양쪽에서 큰 까마귀 두 마리가 이야기를 나누고 있다. 까마귀의 이름은 생각이라는 뜻을 가진 '후긴'과 기억이라는 의미의 '무닌'이다. 인간 세상을 돌며 이야깃거리를 물고 온 두 마리 새는 대왕신의 커다란 어깨 위에 앉아 수다를 떠는 '오딘'의 전령이다.

후긴　큰일이네. 아스가르드(신의 세계)와 미드가르드(인간 세계)를 연결하는 나무 '위드그라실'은 아닐 거야. 그래도 부러진 모양새가 너무나 요상해. 대왕신 오딘에게 보고는 해야겠는걸. 숲속에 사는 하얀 하마 '무민' 짓일까? 아니면 망치질 좋아하는 '토르' 짓일까?

무닌　음, 기억 못 하나 보군? 거 있잖아, 몇 년 전에 잠자던 토르의 부인 '시프'의 금발 머리를 잘라낸 '로키'라는 녀석 말이야. 머리에 뿔 두 개 달려 있었지 아마. 분명 로키 짓일 거야. 어이, 거기 늙은 사냥꾼 양반! 누가 그랬는지 혹시 보았어?

늙은 사냥꾼 찰칵!

펜티 사말라티에 따르면 부러진 나뭇가지는 2년 동안 수평을 유지하고 있었다고 한다. 늙은 사냥꾼의 겨울 동화는 러시아에서도 펼쳐진다. 11월에서 이듬해 5월까지, 그러니까 1년의 반 정도가 혹한의 날씨라 바다가 얼어붙는다는 백해White Sea에 섬들이 무리를 짓고 있다. 가장 큰 섬 솔로베츠키Solovetsky에 튼튼하게 축조된 수도원은 러시아혁명의 파고波高와 함께 쓰임새를 달리했다. 스탈린 시대가 시작될 무렵 교정 노동 수용소인 '굴라크Gulag'의 전신이 되었고, 제2차 세계대전 당시에는 해군 훈련소로 쓰였다. 구소련이 해체되자 수도원은 다시 본래의 모습으로 되돌아왔다. 사말라티는 바로 이즈음 백해를 건너 솔로베츠키에 도착했다.

사진에 담긴 모든 것이 신기하다. 언뜻 배트맨의 오토바이처럼 투박하게 보이는 이륜차는 설상 주행을 위한 튜닝을 마치고 주인을 기다리고 있다. 마찰 면적이 넓은 두꺼운 바퀴에 그물을 장착하고, 보조 바퀴 대신 양옆에 스키를 달았다. 아마도 이 세상에 하나밖에 없는 설상 오토바이가 아닐까? 안장 위에는 검둥개가 배트맨처럼 늠름하게 앉아 있다. 한 번만 태워달라는 듯한 친구들의 부러운 눈길에도 아랑곳하지 않는 검둥개

〈Helsinki, Finlande〉, 2002년.
ⓒ 펜티 사말라티, 공근혜갤러리 제공

는 오토바이를 지키며 주인을 기다리고 있다.

펜티 사말라티가 포착한 동물들은 초망원 렌즈로 포착할 수 있는 보기 힘든 야생동물이 아니라 사람과 더불어 사는 가축들과 반려동물이다. 사람과 가까우니 프레임 안에 가두는 일은 어렵지 않다. 문제가 되는 것은 사진 안에 담긴 어떤 사건이다. 다시 빌렘 플루서의 말을 빌리자면, 사진가는 "자신의 사냥감을 넓은 초원이 아니라 문화 대상의 덤불 속에서 추적"한다. 그가 덫을 놓는 곳은 "문화라는 인공적인 타이가로 형성"되어 있는 사건의 길목이다. 늙은 사냥꾼 펜티 사말라티는 그 길목에 서서 카메라 셔터의 날을 갈고 있다.

소련이 해체되었다. 말로만 인민을 위했던, 서슬 퍼런 공산 체제의 붕괴를 동물들이 먼저 알아차렸던 것일까? 해가 뜨지 않는 극야polar night의 끝에서 먼동이 틀 무렵 주인의 발걸음을 재촉하는 검은 개, 함박눈을 맞으며 설상차가 끄는 썰매를 타는 아이들을 바라보는 동네의 개들, 군함의 출항을 막아서며 얼어붙은 백해를 건너는 하얀 말과 검은 말, 보드카와 갓 구운 빵이 들어 있을 것 같은 주인의 가방을 입에 물고 가는 개를 바라보는 고양이, 연설하는 블라디미르 레닌Vladimir Lenin, 1870~1924의 사진을 바라보는 검은 개, 혹한의 날씨 속에서 꿈틀거리는 어떤 움직임들……. 솔로베츠키의 겨

울 이야기는 개혁과 개방이라는 '페레스트로이카'와 '글
라스노스트' 정책으로 인한 냉전의 종식을 축하하는 우
화寓話가 된다.

타이가를 누비던 사냥꾼의 운명

백해의 작은 섬에서 펼쳐지는 동물들의 이야기에 대한
나의 상상은 늙은 사냥꾼이 의도했던 시나리오는 아니
다. 사진가는 시나리오를 쓸 수 없다. 펜티 사말라티는
"내가 사진을 찍는 것이 아니라 이들을 받아들이는 것"
이라고 자신의 사진 방법론을 설명했다. '보는 것'과 '보
이는 것'은 다르다. 우리는 무언가를 볼 때 대부분 보고
싶은 것만 본다. 보이는 것은 다르다. 자신의 의지와 생
각을 포기할 때 새로운 것들이 보이기 시작한다. 사말
라티가 말하는 "받아들이는 것"은 바로 보이게 될 때를
기다려 셔터를 누른다는 뜻일 게다.

사말라티의 사진은 없는 게 많다. 일단 제목이 없다.
심지어 '무제'라는 제목 아닌 제목도 없다. 그는 사진이
찍힌 장소와 연도만 표기한다. 이유가 뭔지 묻고 싶
지만, 그에게 연락을 취할 방법이 없다. 펜티 사말라티의
사진전을 열었던 서울 삼청동의 한국 에이전시가 그와
연락을 취할 수 있는 방법은 오로지 이메일뿐이었다.

물론, 답장을 기대하기 어렵다. 사람들의 관심을 너무 홀대하는 것 아니냐고? 아닌 것 같다. 단지 자신의 작품을 생산 능력 이상으로 광고하고 공급하기 싫어하는 성미가 있는 것 같다. 그 흔한 작가의 홈페이지도 없다. 그의 사진 이력을 추적하기 위해서는 한국 에이전시를 비롯한 해외 갤러리와 한정판 사진집에 실린 타인의 짧은 소개글을 뒤적여야 한다.

펜티 사말라티의 흑백사진은 대형 사이즈가 없다. 같은 말이겠지만 그의 사진은 작다. 보통 사람들이 사진관에서 뽑을 수 있는 A4 크기의 사이즈가 많다. 큰 것을 걸고 싶어 하는 근래의 사진 유행에 아랑곳하지 않는 그는 구식 사람이다. 가만 생각해보면 사진은 그 정도도 큰 사이즈다. 아주 자랑하고 싶은 장면들을 우리는 A4 크기로 뽑아 벽에 건다. 현실적인 이유도 있다. 그의 작업실에서 직접 인화할 수 있는 젤라틴 실버 프린트의 크기가 그 정도다. 의도했는지 모르겠지만 그래서 사람들은 그의 사진을 보기 위해 한 걸음 더 가까이 다가선다.

사진의 넘버링도 없다. 이론상 무한 복제가 가능한 사진술로 제작된 사진은 한정판으로 번호를 매겨야 사진값이 비싸진다. 그렇다고 그가 무한정 자기 사진을 복제하는 것은 아니다. 사진 찍는 것의 10배만큼은 정

〈Solovki White Sea Russia〉, 1992년.
ⓒ 펜티 사말라티, 공근혜갤러리 제공

성을 쏟는다는 그의 암실에서 제작될 수 있는 사진은 그리 많지 않다. 그는 다만 노력한 만큼의 값어치를 책정하는 사람이다. 옥션 같은 것은 안중에도 없다. 다시 말해 반시장적이다. 수요 곡선을 뭉개버리고 자신이 흘린 땀방울의 무게만 정확히 잰다. 사진값은 100만 원에서 300만 원. 더 올려도 잘 팔릴 것이라는 충고에도 그는 고개를 젓는다.

핀란드 사람 펜티 사말라티는 장사꾼이 아니라 사냥꾼이다. 포만감에 익숙해진 사냥꾼은 다시 사냥에 나설 수 없다. 몸이 허락하는 한 그는 허기진 배를 움켜쥐고 카메라 셔터의 날을 벼리며 침엽수림과 눈밭을 떠돌 것이다. 그것이 바로 사냥꾼의 운명이다.

베를린을 댄디하게 산책하는 방법

(+)

울리히 뷔스트의 사진

낯선 도시에서 느끼는 신비감

2023년 7월, 대통령의 해외순방 취재를 떠나기 하루 전, 부산 고은사진미술관에서 전화가 왔다. 한·독 수교 140주년을 기념해 독일국제교류처가 기획한 사진전이 열린다는 소식이었다. 작가 이름은 울리히 뷔스트Ulrich Wüst. 이메일로 보내온 보도자료 파일을 열었다. '독일민주공화국(동독)이 수립된 1949년 동독의 도시 마그데부르크에서 태어남. 바이마르 건축토목 공대에서 도시계획을 공부함. 23세에 동베를린으로 이주해 도시계획가와 사진 에디터로 활동함.'

울리히 뷔스트는 서른 중반에 직접 카메라를 들었다. 냉전 시대를 몸소 겪은 세대에 속한 사진가다. 보도자료 파일을 덮고 잠시 생각에 잠겼다. 동독 출신 작가의 사진전을 보아야 할 이유는 무엇일까? 우리는 아직도 분단이라는 이유로 독일을 참고해야만 하는 처지일까?

다음 날 공군 1호기에 올라 해외순방 국가인 리투아니아와 폴란드에 대한 참고자료집을 훑었다. 북대서양조약기구(나토)에 대항해 소련을 중심으로 동유럽 공동방위 조약이 체결되었던 도시 바르샤바가 수도인 폴란드는 비교적 친숙한 나라였다. 하지만 리투아니아에 대한 사전 지식은 거의 없었다. '에스토니아, 라트비아와 함께 발트 3국의 하나로 불리는 리투아니아. 18세기 말러시아에 귀속. 자국어 출판 금지 등 엄격한 러시아화 정책이 시행됨. 독일과 소련이 번갈아 점령했던 두 차례 세계대전 이후 구소련에 다시 합병.' 동·서독이 통일된 1990년, 소비에트연방에서 제일 먼저 독립을 선언했다. 강대국 독일, 폴란드, 러시아의 등쌀에 시달린 리투아니아의 역사는 우리나라를 떠올리게 했다.

나토 정상회의가 열린 리투아니아 수도 빌뉴스는 중세 유럽 분위기가 물씬 풍기는 고즈넉한 도시였다. 러시아로 인해 리투아니아 고유의 특성을 많이 잃어버렸다지만, 아시아 사람 눈에는 유럽의 전형적인 올드 타

베를린을 맨드하게 산책하는 방법 + 울리히 뷔스트의 사진

〈거리의 아침, 마그데부르크〉, 1998년.

ⓒ 울리히 뷔스트, 고은사진미술관 제공

운이었다. 평범한 집 대문처럼 생긴 '새벽의 문'을 통과하면 시작되는 지역은 유네스코가 세계유산으로 지정해 '빌뉴스 역사 지구'로 불린다. 대통령궁 근처의 기자실도 이곳에 있었다.

빌뉴스 역사 지구 경계선 밖에 있는 숙소에서 어둠이 걷히기도 전 몸을 일으킨 나는 '새벽의 문'을 통과했다. 천연석을 쪼개 만든 울퉁불퉁한 보도블록, 한국의 놀이동산이나 아웃렛 아케이드를 떠올리게 하는 건물들, 미로처럼 얽히고설킨 골목길과 좁은 하늘을 수놓은 연등, 리투아니아어가 적힌 아담한 크기의 간판들……. 어떤 용도의 건물인지 알려주는 스마트폰의 구글맵을 나는 작동시키지 않았다. 정확한 정보를 알게되면 낯선 도시에서 느낄 수 있는 신비감이 사라지기때문이다. 독일 문화비평가 발터 베냐민Walter Benjamin, 1892~1940은 『일방통행로』에 처음 방문하는 도시의 산책에 대해 다음과 같이 썼다.

"어떤 마을이나 도시를 처음 볼 때 그 모습이 형언할수 없고 재현 불가능하게 보이는 까닭은, 그 풍경 속에 멂이 가까움과 아주 희한하게 결합하여 공명하고 있기때문이다. 아직 습관이 작동하지 않은 것이다. 일단 어디가 어디인지 분간하기 시작하면, 그 풍경은 마치 우리가 어떤 집을 들어설 때 그 집의 전면이 사라지듯이 일순간 증발해버린다."

발터 베냐민의 도시 탐색법을 '아우라 산책법'이라고 표현하면 어떨까? "멂이 가까움과 아주 희한하게 결합하고 공명"한다는 문장은 그가 『기술복제시대의 예술작품』에서 "가까이 있더라도 아득히 멀게 느껴지는 것의 일회적인 나타남"이라고 표현한 아우라의 정의와 일맥상통하기 때문이다.

사진술은 발터 베냐민이 거론했던 대표적인 복제 기술이다. 전통적인 예술 작품에서 느낄 수 있었던 아우라가 카메라의 출현으로 사라졌다고 그는 자기가 살던 시대를 진단했다. 그는 사라진 옛 감정에 대한 상실감에 젖어 있지 않고 복제 기술의 혁신성에 주목했다. 가령, 『베를린 연대기』에서 유년의 베냐민은 여행길에 할머니가 보내준 사진엽서를 반복해서 쳐다보면 이미 그곳에 간 것이나 다름없는 체험을 했다고 사진의 매체성에 주목했다.

새벽녘의 짧은 산책을 마친 후, 나는 마음을 정했다. 귀국하면 울리히 뷔스트의 사진전을 보러 부산에 가기로. 미술관 학예사가 보내준 보도자료에 첨부된 이미지들이 누군가가 보낸 엽서 사진처럼 느껴졌기 때문이다. 독일 우편국 도장이 찍혀 있는 엽서 말이다.

사람이 등장하지 않는다

사진미술관 입구에는 엽서 사진 중 하나가 크게 확대되어 입간판으로 세워져 있었다. 짤막한 사연이 담겨 있어야 할 엽서 왼편에 적힌 사진전의 제목은 '도시 산책자: 울리히 뷔스트의 사진'이다. 관광객이 아닌 자기가 사는 도시를 유유자적 산책했던 최초의 사람들로 알려진 이들은 20세기 초 파리지앵들이다. 시인 샤를 보들레르Charles Baudelaire, 1821~1867, 초현실주의자 앙드레 브르통André Breton, 1896~1966 등 댄디한 산책자들은 파리라는 대도시의 물결에서 시적이고 철학적인 단상들을 수집했다. 나치를 피해 파리에 머물던 유대계 독일인 발터 베냐민도 마찬가지였다.

그는 당시 새롭게 등장한 건축 재료인 철골과 유리로 된 상점가 '파사주passages'에 대한 보고서를 카메라 렌즈처럼 세세하게 포착하려 했지만 미완의 기획으로 끝이 났다. 나치의 박해를 피해 스페인으로 탈출하던 중 국경이 막히자 자살을 선택했기 때문이다. 나는 울리히 뷔스트의 사진전이 발터 베냐민의 기획에 대한 별첨 부록이 되지 않을까 생각했다. 그의 작업 노트에는 다음과 같이 적혀 있었다.

"나에게 사진은 언제나 건축물에 관한 것이었다.……

〈도시 풍경〉, 1982년.
ⓒ 울리히 뷔스트, 고은사진미술관 제공

궁극적으로 나는 우리가 상상하는 '도시'가 무엇이고 이러한 도시 환경이 우리에게 어떤 영향을 미치는지에 대한 논쟁을 불러일으키고 싶었다."

울리히 뷔스트가 담은 도시 사진에는 좀처럼 사람이 등장하지 않는다. 프랑스 사진가 외젠 아제Eugène Atget, 1859~1927처럼 새벽녘에 촬영해서 그런 것은 아니다. 그의 방법론은 명확하다. 그는 "사람이 사람을 위해 쌓아올린 건물들에 관심을 돌리고자" 사진 속에서 사람들을 제거했다. 사진 속 인물의 크기가 아무리 작더라도 우리 시선은 스마트폰의 얼굴 인식 프로그램처럼 인물을 추적한다는 것이 그의 설명이다.

실제 우리 시선은 그의 설명처럼 사진 속에서 사람을 찾아 헤매다 실패하고 만다. 그러는 동안 우리 눈은 사진 속 건물들을 구석구석 훑게 된다. 세부를 보다 전체를 보고, 다시 세부를 본다. 건물을 이루는 재료들과 모양새, 다른 건물들과의 어울림 등이 눈에 들어온다. 그리고 문득 깨닫는다. 대낮에 어떻게 이렇게 사람이 없을 수가 있지? 작센안할트주의 도시 마그데부르크는 아침에 촬영했다고 캡션을 통해 밝혔지만, 그림자의 형태로 보아 인적이 드문 새벽녘은 아니다. 그래서 사진의 어떤 장면은 아제의 사진처럼 초현실적으로 다가온다. 아제의 사진을 보고 "아직 세입자를 찾지 못한 집처

럼 말끔히 치워져 있다"고 했던 발터 베냐민의 말을 상
기한다면, 뷔스트의 도시 사진은 세입자들이 모두 쫓겨
난 다소 황량한 풍경이다. 마그데부르크는 독일 통일
이후 도시 전역에 재건축 바람이 불었던 지역이다.

도시의 과거를 기억하라

동독과 서독이 만나는 곳이라서 '베를린의 뛰는 심장'이
라 불리는 미테 지구에서도 사람은 찾아볼 수 없다. 그
림자의 짧은 길이로 보아 정오 무렵에 찍은 사진일 터,
사람들은 어디로 사라졌을까? 발터 베냐민은 정오에
가까워지면 "그림자는 단지 사물들의 끝자락에 검고 날
카로운 가장자리가 되면서 소리 없이, 부지불식간에,
그 자신의 거처, 자신의 비밀 속으로 물러갈 태세를 하
게 된다"고 『사유 이미지』에 썼다. 정오는 예언자 자라
투스트라Zarathustra, B.C.628?~B.C.551?의 시간이다. 자기
궤도의 정상에 다다른 태양은 "가장 엄격하게 사물들의
윤곽을 그리는" 것이다.

　미테 지구의 한 사진 속에는 한국 도시에서도 흔히
목격할 수 있는 장면이 펼쳐진다. 하늘 높이 치솟은 콘
크리트 빌딩과 공사장의 거대한 가림막 앞에 있는 낮은
옛날 건축물의 어색한 뒤섞임이다. 미테 지구의 또 다

263

〈권력의 웅장함〉, 1983~1990년.
ⓒ 울리히 뷔스트, 고은사진미술관 제공

른 사진에 등장하는 콘크리트 빌딩 옥상에는 독일 회사 아그파 필름의 광고판보다 조금 더 높은 곳에 한국 기업의 로고가 걸려 있다.

울리히 뷔스트의 도시 사진에 자주 등장하는 사물이 있다. 도시의 과거를 기억하라고 주문하는 동상 등 기념물들이다. 이것들을 찍은 사진들로만 엮은 사진 연작도 있다. '권력의 웅장함'(1983~1990)과 '붉은 10월'(2018)이다. 마르크스, 레닌, 스탈린, 독일 군대의 부조상과 냉전 시대 선전물들을 확대해 찍은 장면들이 병풍처럼 긴 인화지에 펼쳐져 있다. 아코디언처럼 접었다가 펼칠 수 있는 '레포렐로leporello'라 불리는 사진첩이다.

'도시 풍경'(1975~1985), '베를린 미테 지구'(1995~1997), '거리의 아침, 마그데부르크'(1998~2000) 연작에 등장하는 기념물들은 주변적인 존재로 물러나 있다. 광장 중앙을 차지하고 있는 마르크스와 레닌은 정면으로 담은 건물들과 달리 옆모습으로 포착되어 있다. 관객을 정면으로 응시하는 것은 광고 입간판이다. 광고 사진 속에 등장하는 카우보이는 폼을 잡고 다리를 쭉 벌고 앉아서 말보로 담배 연기를 내뿜고 있다. 광고판 뒤에 우뚝 솟은 굴뚝으로 시선을 옮겨보자. 실제 존재하는 굴뚝에서는 연기가 피어오르지 않는 아이러니한 상황이 담긴 사진이다. 다른 사진에 등장하는 동독 시절

광고인 베를린 화장품과 국영 자동차 트라반트Trabant
의 페인트 그림은 빛이 바래 초라해 보인다.

도시의 풍경은 이념에 따라 달라질까? 사라진 이데
올로기의 빈자리는 마그데부르크의 카우보이처럼 광
고판으로 메꿔질까? 사진이 찍힌 시기를 살폈다. '도
시 풍경' 연작과 '권력의 웅장함' 연작은 통일 이전의 풍
경이다. '베를린 미테 지구' 연작과 '거리의 아침, 마그
데부르크' 연작은 그 이후다. 하지만 지구 반대편에 살
고 있는 우리는 시간과 이념의 흐름에 따른 독일 도시
의 변화를 정확하게 알아차릴 수 있는 감각이 없다. 그
러나 이러한 감각의 결여가 오히려 낯선 도시의 산책에
아우라를 부여할 수도 있을 것이다. 도시 산책자 발터
베냐민은 『일방통행로』에 다음과 같은 말을 남겼다.

"그 풍경은 아직 우리가 습관적으로 늘 하듯이, 꼼꼼
하게 살펴보는 일로 인해 과도하게 무거워지지 않은 상
태다. 우리가 그곳에서 한 번 방향을 분간하게 되면 그
최초의 이미지는 다시는 재생할 수 없게 된다."

부산 사람들도 몰랐다

(+)

박종우의 사진

이방인들에게 부산은 어떤 도시일까?

부산 사람들은 몰랐단다. 자기네 동네 목욕탕 굴뚝의 기묘한 생김새를. 소년의 눈에 부산의 목욕탕 굴뚝은 유난히도 높고 거대했다. 방학이면 부산 영도의 이모네 집을 찾았던 서울내기 소년이다. 부산역에 도착한 소년을 반기는 것은 하늘 높이 치솟은 목욕탕 굴뚝이었다. 소년은 예상했을까? 자기가 나중에 한국을 대표하는 다큐멘터리스트가 되어 부산을 사진으로 기록하게 될 것이라는 사실을.

'이방인들에게 부산은 어떤 도시일까?' 부산 해운대

구에서 사진미술관을 운영하는 고은문화재단이 던진 질문이다. 답변하는 이는 부산이 고향이 아닌 중견 사진작가들이다. 2013년에 질문을 시작했는데 1년에 한 번꼴이었다. 질문지에 '부산 참견錄(록)'이라는 제목을 달았다. 2019년에는 이름을 '부산 프로젝트'로 바꾸었는데, 코로나19 팬데믹으로 중단되고 말았다. 2년 동안의 휴지기를 끝낸 이는 환갑을 넘긴 박종우다. 차마고도茶馬古道의 아름다움을 국내에 처음 소개한 정통파 다큐멘터리스트다. 박종우의 부산 다큐멘터리를 본격적으로 살펴보기 전, 그보다 앞선 이들의 부산 프로젝트를 개괄하는 일이 필요하다. 왜냐고? 박종우 역시 그러했으므로.

　　2013년 부산 프로젝트의 테이프를 끊은 사진작가는 전남 신안의 작은 섬이 고향인 강홍구였다. 서울 은평뉴타운 재개발 현장을 어슬렁거리며 사진을 찍었던 강홍구는 산복山腹의 기이한 집들을 모은 사진집 『사람의 집: 프로세믹스 부산』을 남겨놓았다. 원자력발전소를 의심의 눈초리로 지켜보던 정주하는 해운대와 고리 원전을 잇는 장소들을 사진 찍었다. 정주하의 『모래 아이스크림』(2017)은 아이스크림처럼 달콤한 원자력발전이 언제라도 쉽게 부서질 모래성 같은 것이라고 경고한다.

　　2019년 조춘만은 부산의 공장, 산업 구조물, 기계 등

〈목욕탕〉.
ⓒ박종우

을 찍은 '인더스트리 부산'을 전시했다. 기계 따위를 찍어서 어떻게 미술관 벽에 걸어놓을 수가 있냐고? 건축가 르코르뷔지에Le Corbusier, 1887~1965는 말했다. '주택은 살기 위한 기계'라고. 조춘만은 우리가 사는 도시도 일종의 기계임을 사진으로 풀어냈다.

박종우의 2022년 부산 프로젝트 '부산 이바구'는 어떤 이야기일까? '이바구'는 '이야기'의 경상도 사투리다. 박종우는 '58년 개띠'다. 6·25 전쟁을 겪지 않은 베이비붐 세대의 대표 주자다. 부모와 조부모가 겪은 저마다의 전쟁 고생담을 반복해 들으며 성장했을 터다. 작가의 아버지는 할머니와 함께 서울에서 살았다. 수색대장이었던 아버지는 인천상륙작전 이후 북진에 나서며 할머니와 헤어졌다. 중공군이 참전하자 아버지의 소식이 끊겼다.

할머니는 피란 열차를 타고 부산으로 향했다. 갈 곳 없는 홑몸의 피란민을 받아준 것은 좌천동의 작은 절 연등사였다. 1951년 따뜻한 봄날이었다고 할머니는 기억했다. 장소는 부산 수정동의 구멍가게였다. 생사를 몰랐던 아버지를 만났다. 황해도에서 총상을 입은 아버지가 수정동의 국군수도병원으로 후송되었던 것이다.

부산의 지도를 찍다

여기까지는 박종우가 들었던 할머니의 부산 이바구다. 소년 박종우의 부산 이바구는 애처롭게도 할머니의 죽음과 함께 시작된다. 할머니는 연등사에 남고 싶다는 유언을 남기고 세상을 떠났다. 경남 진해에 살던 아버지와 소년은 할머니의 유골을 들고 부산으로 향했다. 운구차는 낙동강 구포다리를 건넜다. 크고 작은 산이 많이도 보였다. 작은 집이 산비탈에 가득했다. 비포장 도로는 산허리를 감싸고 돌았다. 전쟁은 끝났지만, 부산은 여전히 할머니가 들려준 임시수도의 모습을 오롯이 간직하고 있는 것 같았다.

할머니와의 사별 여행에 대한 기억을 소환했던 박종우의 '부산 이바구'는 구포다리에서 시작해야 했다. 하지만 다리는 흔적조차 없이 사라져버렸다. 구포다리만 그렇겠는가? 다릿목에 번성했던 시장은 '구포시장'이라는 이름만 그대로였다. 할머니가 들려주던, 할머니와의 사별 여행에서 보았던 부산의 모습을 기대했던 것은 부질없는 짓일까? 박종우는 물러서지 않는 작가인 듯하다. 그의 사진 철학 때문일지도 모른다. 사진은 머리로 찍는 것이 아니다. 부둣가, 시장, 해운대 기찻길, 방파제, 골목길……. 박종우는 소년 시절의 부산을 담은 지도를 완

〈까꼬막〉.
ⓒ 박종우

성하기 위한 스틸 로드뷰를 세밀하게 찍어 나갔다.

소년 박종우는 까꼬막에서 그리운 할머니를 만난다. '까꼬막'은 급경사진 산비탈을 뜻하는 부산 사투리. 배 '복腹' 자를 쓰는 '산복山腹'도 같은 뜻이다. 산비탈에 들어선 집들은 그래서 어머니 품에 안긴 모양새다. 비탈에 집을 지으려면 산을 깎거나 축석築石을 쌓아 평지를 만들어야 한다. 흙이라면 다행인데 암석이라도 나온다면 지형에 맞게 집을 지을 수밖에. 어떤 집들이 기우뚱해 보이는 이유다. 건축 자재가 부족했는지 이질적인 재료가 뒤섞인 집들도 있다. 시멘트 미장이 덜 된 할머니의 집이 그렇다. 파마 중인 할머니는 집으로 들어가며 바다를 바라본다. 매일 보았던 풍경일 텐데, 새삼스레 다시 보는 건 어떤 이유일까? 사진 속 할머니가 소년의 할머니라면, 할머니는 바다 저편에 있을 고향을 보고 있을 것이다.

까꼬막에 발붙이고 사는 데 필요한 것들이 있다. 소년은 똬리를 틀고 있는 계단들과 지붕 위 물탱크를 꼼꼼히 뜯어본다. 산비탈의 기울기가 다르니 계단 모양새가 제각각인 것은 당연하다. 그런데 왜 계단에 페인트를 칠했을까? 집들은 계단보다 더 화려하다. 벽화야 다른 도시에서도 자주 볼 수 있는 풍경이다. 하지만 까꼬막 집들의 알록달록한 컬러는 독보적인 부산의 풍경이

〈Water Tank〉.
ⓒ 박종우

다. 예쁘니까 젊은이들이 찾아와 집을 배경 삼아 사진 찍는다. 하지만 우리는 짙은 화장 뒤에 숨겨진 사연을 알아야 한다.

소년은 그래서 지붕 위의 파란 물탱크를 사진 찍어 모았다. 수압이 세지 못한 까꼬막에서 살기 위해서는 물이 잘 나올 때 저장해 놓아야만 했다. 물론 지금은 물 사정이 나쁘지 않다. 빠듯한 살림살이에 물탱크 철거 비용을 쓸 여력이 없어 그대로 방치된 풍경이 소년의 눈에 들어온 것이다.

목욕탕 굴뚝은 왜 이토록 높은가?

부산역 광장에서 소년이 바라보았던 목욕탕 굴뚝도 마찬가지다. 어떤 굴뚝은 너무 견고하고 거대해 철거 비용이 3,000만 원이 든단다. 벽돌이 아닌 철근콘크리트로 세운 굴뚝들이다. 30미터는 기본, 50미터가 넘는 것도 있다. 이방인들은 궁금할 것이다. 왜 이토록 높은 굴뚝을 만들었을까? 그 이유가 마음을 훈훈하게 한다. 옛날 목욕탕은 물을 데우기 위해 값싼 벙커시유bunkerC油를 사용했다. 매연이 많이 나오는 연료다. 목욕탕 주인들은 그래서 굴뚝을 높이 올렸다. 동네 사람들 건강을 위한다는 게 그 이유였던 것이다.

부산의 하늘을 지배했던 목욕탕 굴뚝의 위세는 꺾였다. 수영구 광안동의 목욕탕인 미주탕 굴뚝은 고층 아파트 주민들의 건강을 생각하기에는 그리 높지 않아 보인다. 물론 연료가 바뀌었으니 굴뚝 높이가 이제 문제가 될 수는 없겠다. 소년은 다만 비슷한 페인트 붓글씨로 굴뚝 허리에 적힌 목욕탕 이름들을 생각해본다. 청수탕, 산수탕, 옥수탕, 약수탕, 샘물탕, 성수탕, 장수탕, 건강탕……. 목욕탕 본연의 기능에 걸맞은 이름들이다. 『천일의 수도, 부산』을 쓴 전라도 작가 김동현은 한국의 공중목욕탕이 부산에서 시작되었다고 했다. 동래구의 동네 이름이 '온천동'인 것은 그의 주장을 뒷받침한다.

부산 사람들이 모르고 있는 한 가지가 더 있다. 부산 주택가에는 작은 시장이 무척이나 많다. 소년은 생각했다. '쓸모를 잃은 목욕탕 굴뚝이나 물탱크처럼 작은 시장들도 곧 애물단지가 되겠지.' 이렇게 생각하니 소년의 마음이 다급해진다. 소년은 거리 구석구석을 누비며 카메라 셔터를 누른다. 구멍가게 평상에 앉아 소주 한 잔을 들이켜는 배불뚝이 아저씨, '서울대 행정학과 합격 박지은'이라는 축하문이 적힌 리어카에서 옥수수와 군밤을 파는 어머니, 수산물 시장에서 쟁반을 머리 위에 지고 식사를 배달하는 아주머니, 예쁜 눈썹 화장을 하고 싱긋 웃고 있는 돼지머리, 3,000원짜리 정구지(부추)전을 공중 부양시켜 뒤집는 묘기를 선보이는 아낙네, 재난 위험시설 판정을 받은 아파트의 주민들……. 글로 묘사하기는 쉽지만 사진을 찍기는 어려운 장면들이다. 고난도의 사진술이 필요해 어려운 것이 아니다.

우리는 낯선 사진가의 느닷없는 방문을 달갑게 여기지 않는 시대를 살고 있다. 거리의 사진가는 불청객이다. 서울에서 사람들을 사진 찍는다는 것은 불가능에 가깝다. 좋은 의도로 접근한다 해도 도시인들은 얼굴을 붉히기 일쑤다. 그들은 초상권을 주장한다. SNS를 즐기는 도시인들은 악플이 달릴 우려가 없는 예쁜 셀카 사진들만 찍고 구경한다. 그런데 소년은 어떻게 거리의 사람들을 사진에 담을 수 있었을까? 소년을 대신해 환갑이 넘은 박종우가 대답한다.

"구수한 사투리로 먼저 말을 건네오고 살아가는 얘기를 꺼내는 부산 시민들 덕분에 작업이 원만하게 이루어졌음을 고백하지 않을 수 없다."

그의 고백은 거짓이다. 그가 한 말은 질문에 대한 답을 가장한 부산에 대한 헌사다. 박종우가 부산 사람들을 사진에 담을 수 있었던 이유는 다른 데 있다. 부산에서 박종우는 잘나가는 사진작가도, 다큐멘터리스트도 아니었다. 그는 그저 소년일 뿐이었다. 할머니와 아버

〈Painted House〉.
ⓒ 박종우

지, 이모에 얽힌 추억을 간직한 소년 말이다.

까꼬막을 내려와 부산의 구석구석을 배회하던 소년은 마침내 바다에 이른다.

"처얼썩 처얼썩 척 쏴아아 / 나의 짝 될 이는 하나 있도다. / 크고 깊고 너르게 뒤덮은 바 저 푸른 하늘."(최남선, 「해에게서 소년에게」)

바다는 "작은 시비, 작은 쌈, 온갖 모든 더러운 것 없"는 푸른 하늘만이 친구가 될 수 있다며 으르렁거린다. 두려울 것 없는 소년이 바다에게 절하지 않겠다고 맞선다. "처얼썩 처얼썩 척 튜르릉 꽉." 바다는 소년을 품에 안으며 말을 건넨다. 부산은 어떤 도시였냐고. 소년이 바다에게 대답한다. 서울이 아버지라면 부산은 어머니라고.

뉴욕의 시궁창에서 비밥을 연주하다

(+)

윌리엄 클라인의 사진

"이건 사진이 아냐, 쓰레기야"

"난 깨어나고 싶어, 잠들지 않는 도시에서. 그리고 발견하지. 내가 최고라는 것을, 내가 성공했다는 것을."

윌리엄 클라인William Klein, 1926~2022이 찍은 뉴욕의 하늘은 프랭크 시나트라Frank Sinatra, 1915~1998의 노래 〈뉴욕, 뉴욕Theme from New York, New York〉(1980)처럼 장밋빛은 아니었다. 시커먼 하늘과 뻥 뚫린 하얀 구멍. 블랙홀의 출구인 화이트홀처럼 세계의 모든 것을 내뿜는 듯한 광경. 스모그 같은 거친 대기의 입자들이 허드슨강과 엠파이어 스테이트 빌딩으로 쏟아져 내리고 있다.

이토록 불길한 뉴욕의 하늘을 시나트라가 보았다면, 잠들지 않는 뉴욕에서 성공하겠다는 재즈는 결코 부르지 못했으리라. 윌리엄 클라인의 뉴욕은 크리스토퍼 놀런Christopher Nolan 감독이 영화 〈배트맨〉(2005~2012)에서 연출한 고담시Gotham City를 닮았으니까. 사진 제목은 '원자 폭탄 하늘, 뉴욕Atom Bomb Sky, New York'이다. 1956년 사진집 『삶은 멋지고 당신이 뉴욕에 산다면 멋질 거예요: 황홀 증언 파티를 벌이다Life Is Good & Good for You in New York: Trance Witness Revels』(『뉴욕』)의 마지막에 수록되었다.

1926년 미국 뉴욕에서 태어나 2022년 프랑스 파리에서 삶을 마감한 윌리엄 클라인의 첫 유고전 'DEAR FOLKS(사랑하는 사람들)'가 2023년에 열렸다. 전시는 청년 클라인이 예술가로서 첫 면모를 드러냈던 파리에서 그린 그림들과 사진들로 시작한다. 피터르 몬드리안 Pieter Mondriaan, 1872~1944을 떠올리게 하는 기하학적 추상화와 카메라 없이 빛을 직접 인화한 포토그램 사진들로 '황홀한 추상'이라는 소제목을 달았다.

이후의 전시는 '파격적인 구상'이라고 불러도 좋을만큼 반전된다. 날것의 현실을 구체적으로 기록한 스트레이트 사진이 시작되기 때문이다. 뉴욕·로마·모스크바·파리의 군중을 찍은 거리 사진, 거리에서 찍은 패션

〈안토니오+사이몬+뉴욕의 이발소〉, 1962년.
© 윌리엄 클라인 재단, 뮤지엄한미 제공

사진, 패션계를 비판한 영화, 그리고 이 모든 것을 아우르는 미술 작품들로 전시는 끝을 맺는다. 130여 점의 작품과 40여 개의 자료를 유고전답게 1950년대 초반부터 1990년대까지 시대별로 정리했다. '사랑하는 사람들'로 해석될 수 있는 전시 제목에 어울리는 대목은 '뉴욕'에서 시작한다.

"사진을 본 모든 이들은 이렇게 말했다. '어이구! 이건 뉴욕이 아냐, 너무 추하고 더럽고 편파적이야……. 이건 사진이 아냐, 쓰레기야.'"

사진가의 고향이 뉴욕이라는 것을 그들은 알고 있었을까? 윌리엄 클라인을 후원했던 패션 잡지『보그』편집자들은 그의 사진을 혹평했다. 초점은 멍하고, 구도는 기울어지고, 화면은 흔들리고, 프레임은 몸뚱이와 이목구비를 무참히 잘라냈다. 클라인은 "무례하고 거칠고 잉크가 번져 있는 타블로이드 신문『데일리 뷰글 Daily Bugle』같은 사진집을 만들고 싶었다"는 말을 남겼다. 그를 뉴욕으로 불러들인 편집자 알렉산더 리버먼 Alexander Liberman, 1912~1999을 제외한 대부분의 미국인은 젊은 작가의 의도는 안중에도 없었고, 단지 미숙련된 사진가로 취급했다.

그럴 만했다. 당시 미국 사진가들은 아주 정밀한 사진을 추구했다. 요세미티의 대자연을 담았던 미국의 사진가 앤설 애덤스는 노출 단계를 피아노 악보처럼 정리한 '존 시스템Zone System'을 창안한 터였다. 뉴욕의 편집자들은 "내 사진들이 하루 지난 신문처럼 시궁창에 처박혀 있는 것을 상상했다"던 클라인의 말처럼 그의 사진들을 내던졌다. 그의 뉴욕 사진을 평가한 것은 대서양 너머 프랑스였다. 사진가이자 영화감독이고 문필가였던 크리스 마커Chris Marker, 1921~2012가 그를 도왔다. 쇠유출판사는 클라인이 직접 편집하고 디자인한 『뉴욕』을 사진집으로 발행했다. 프랑스는 계속 클라인을 지지했다. 1957년 클라인의『뉴욕』은 프랑스의 '나다르상Prix Nadar'을 수상했다. 최고의 사진집을 기리는 상이다.

"카메라는 우리를 놀라게 할 수 있다"

미국의 시선은 여전히, 그리고 한동안 냉담했다. 미운털이 윌리엄 클라인에게만 박혔던 것은 아니었다. 그가 뉴욕에서 사진을 찍고 있던 비슷한 시기에 로버트 프랭크는 중고차 포드 비즈니스 쿠페를 타고 미국 전역을 누볐다. 프랭크의 사진은 클라인에 비한다면 파격적인 기교를 보여주지는 않았지만, '인습 타파적인 사진'이라는 공통점이 있었다. 인습을 타파하지 못한 어떤 이는

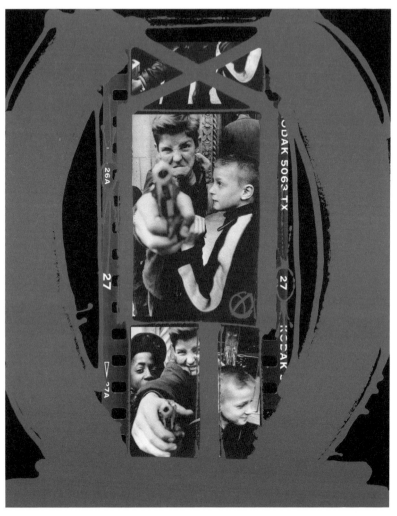

⟨Gun 1⟩, 1954년.
© 윌리엄 클라인 재단, 뮤지엄한미 제공

프랭크의 사진집『미국인The American』(1958)이 잭 케루악Jack Kerouac, 1922~1969의 소설『길 위에서』(1957)처럼 방만한 이미지를 보여준다고 비난했다. 허무맹랑한 지적만은 아니었다.

비트 세대 기수였던 잭 케루악이 작성한 프랭크에 대한 찬사는『미국인』서문에 수록되었다. 프랭크는 그저 "매일 벌어지는 그런 장면"을 원했을 뿐이다. 그는 미국 사진의 인습을 거칠게 쏟아붙였다. "시작과 결말이 있는 빌어먹을『라이프』의 포토 에세이들은 내가 가장 저주하는 것이었다." 프랭크의 힐난은 적절했다. 『미국 사진과 아메리칸 드림』을 쓴 제임스 귀몬드James Guimond는 "1950년대 중반에 이르러『라이프』와『루크』의 지면 대부분은 처음부터 끝까지 미국의 경제와 번영에 관한 좋은 뉴스들로만 가득했다"고 분석한다.

잡지의 후원을 받았지만, 윌리엄 클라인의 창의성은 구애받지 않았던 것 같다. 그는 중고 카메라 1대와 렌즈 2개를 들고 뉴욕 거리를 들쑤셨다. 그는 뉴욕의 사진 작업을 다음과 같이 회상했다. "나는 나 자신을 위해 사진을 찍었다. 나는 자유롭다고 느꼈다. 사진은 내게 엄청난 즐거움으로 다가왔다." 그의 카메라는 자유로웠다. 틀에 박힌 스윙 재즈에 반기를 들었던 비밥bebop 재즈에 열광한 비트족처럼 즉흥성과 자유로움을 만끽

했다. 사진비평가 최봉림은 다음과 같이 정리한다.

"『라이프』지가 보여준 객관적이고 공론적인 휴머니즘은 증발하고, 사진가의 의식과 사진의 대상이 현실의 시간과 공간 속에서 극적인 균형과 조화에 이르는 '결정적 순간decisive moment'은 함몰한다."

여기서 '결정적 순간'이란 앙리 카르티에 브레송이 설명했던 '균형과 조화의 순간'이다. 하지만 클라인은 브레송이 말하는 결정적 순간이란 없다고 선언했다. 카메라의 장점은 '우발성'을 포착할 수 있다는 것이다. 그는 "카메라는 우리를 놀라게 할 수 있다"고 했다.

뉴욕에 뉴요커는 없다

『뉴욕』의 1부는 '가족'이라는 소제목이 달려 있다. 페이지를 넘기면 프레임 안에 꽉 들어찬 4명의 얼굴이 등장한다. 억지로 구겨서 쑤셔 넣은 듯한 얼굴들. 뒤틀린 거울에 반사된 이미지처럼 기이한 초상들이다. 우리의 눈썰미로 쉽게 알아차릴 수는 없지만, 프레임에 갇힌 인물들은 출신지가 다른 이민자들이다. 이탈리안 경찰, 유대인 중년 여성, 모자를 쓴 남성은 아프리카계이며, 정갈하게 가르마를 탄 이는 히스패닉이다. 등장인물로만 보자면 사진은 '이민자들의 용광로melting pot'처럼 보일 수도 있겠으나, 피사체의 엇나가는 시선들 때문에 섞여질 수 없는 얼굴들의 몽타주처럼 보인다.

사진사의 흐름을 생각해본다면, 이 사진집은 뉴욕현대미술관 사진부 디렉터 에드워드 스타이컨에 대한 도전이라고 볼 수도 있다. 클라인의 『뉴욕』이 발행되기 1년 전, 뉴욕현대미술관은 대규모 사진전 '인간 가족'을 열었던 터였다. 지구상의 모든 인간은 가족이라는 휴머니즘을 보여주려 기획한 전시였다.

휴머니즘 따위는 신경 쓰지 않는 윌리엄 클라인의 카메라는 어린이들에게도 가차 없다. 우리를 향해 총구멍을 겨눈 아이의 표정은 순진무구하기는커녕 살기에 가득 차 있다. 아이는 20년 후 개봉한 마틴 스코세이지 Martin Scorsese의 영화 〈택시 드라이버〉(1976)의 로버트 드니로Robert De Niro처럼 비열한 맨해튼 거리에서 총질을 해대는 것은 아닐는지. 롤랑 바르트가 사진의 찌르는 듯한 요소라고 설명했던 '푼크툼'을 언급한 사진에 등장하는 충치 있는 아이는 바보스럽기만 하며, 브루클린가의 어린이들은 좀비처럼 춤을 추고 있다.

어른들은 어떠한가? 5번가 록펠러센터 앞에 모인 직장인 남성들은 폭락한 주식 장을 바라보듯 잔뜩 얼굴을 구기고 있다. 크리스마스 쇼핑을 하기 위해 김벨스 Kimbels 백화점 앞에 모인 모피를 입은 여성들의 거만한 눈빛은 검정 선글라스로 차단하기에는 역부족인 것처럼 느껴지며, 브로드웨이 북부의 한 슈퍼마켓 계산대 앞에서 카트를 잡고 순서를 기다리는 중산층 주부들의 얼굴빛은 시궁창에서 헤어나지 못한 사람처럼 찌들어 있다.

남녀노소가 모여 있는 군중의 표정은 어떨까? 경기장에 앉아 카메라를 바라보는 사람들은 몇 컷만 더 찍으면 재킷 안에 숨겨둔 총을 뽑을 듯이 눈을 부라린다. 도시의 외관은? 뉴욕 출신 래퍼 제이 지Jay Z의 노래 〈내 마음속의 뉴욕Empire State of Mind〉처럼 뉴욕이라는 도시는 화려한 불빛을 내뿜는 광고로 도배된 콘크리트 정글이다. 세븐 업, 코카콜라, 캐딜락, 서부영화를 광고하는 네온사인…….

소년은 체포된 것일까? '당신한테 최고'라는 담배 광고가 덕지덕지 붙은 가게 벽에 기대어 앉아 있는 아프리카계 소년의 표정은 무기력하다. 그의 옆에 서 있는 한 친구는 리볼버 권총을 뽑을 것처럼 허리춤에 손을 올리고 있다. 〈사탕 가게〉라는 제목이 달린 사진인데, 어쩌자고 사탕 가게에 담배 광고를 붙여 놓았을까? 사진은 클라인이 원했던 것처럼 시궁창에 떨어져 물에 젖은 신문처럼 우글쭈글하다.

윌리엄 클라인이 남겨놓은 패션 사진들은 각별하다.

〈사탕 가게〉, 1954년.
© 윌리엄 클라인 재단, 뮤지엄한미 제공

노란 택시에서 내리는 모델 안토니오, 대형견을 끌고 택시를 잡는 돌로레스, 타임스스퀘어에 놓인 전신 거울을 통해 보이는 택시를 부르고 있는 산드라⋯⋯. 그는 실내 스튜디오에서만 찍던 패션 사진의 무대를 거리로 확장했다. 건널목을 건너는 사이몬과 니나를 곁눈질하는 여인들을 포착한 장면은 두 가지 감정이 교차한다. 디자이너의 화려한 의상들이 실제 삶과는 얼마나 괴리된 것인지를 생각하게 하며, 거리의 모든 것은 기껏해야 상류층의 들러리에 불과한 것처럼 느껴지기도 한다.

1962년 뉴욕의 한 이발소 옆에서 찍은 모델 안토니오와 사이몬의 사진은 반쪽이 날아간 채 『보그』에 실렸다. 잘려나간 오른쪽에는 아프리카계 흑인 남성이 하얀 옷을 입고 팔짱을 낀 채 쇼윈도 안에 앉아 있다. 쇼윈도 안에서 뽐내고 있어야 할 모델은 밖으로 나와 포즈를 취하고, 창밖을 내다볼 겨를도 없이 일해야 하는 흑인 노동자가 폼을 잡고 있는 기묘한 연출은 잡지 편집자에 대한 냉소였을까? 패션계에 대한 비판적 시선과 기이한 광경을 연출하는 그의 감각은 추후 〈폴리 마구, 당신은 누구인가요?Qui êtes-vous, Polly Maggoo?〉(1966)라는 장편영화로 이어졌다.

뉴욕에서 찍은 클라인의 사진들은 1956년 사진집 제목처럼 멋지게 사는 뉴요커는 찾아보기 힘들다. 그렇지만 그의 사진이 매력적인 이유는 무엇일까? 모든 이가 다 같은 감성을 가진 것은 아니겠지만, 우리는 다소 뒤틀리고 악마적인 모습에서 미적인 체험을 하게 된다. 그로테스크한 감정이라고 할까?

다자이 오사무太宰治, 1909~1948의 소설 『인간 실격』 국내 번역판 표지에 인쇄된 에곤 실레Egon Schiele, 1890~1918의 자화상은 결코 아름다운 얼굴이 아니지만, 보는 사람의 마음을 흔들어놓는다. 우리는 저마다 감추고 싶은 또 다른 얼굴을 갖고 있기 때문이다. 윌리엄 클라인은 리볼버 총구멍을 들이댄 소년을 찍은 사진 〈Gun 1〉이 바로 자화상이라고 말했다. 살기 어린 표정의 소년이 뉴욕의 클라인이라면, 천사 같은 얼굴을 한 오른쪽 아이는 파리의 클라인이라고.

그가 셔터를 누르면 골리앗이 바다를 유영한다

(+)

조춘만의 사진

쌀알 같은 불똥을 튀기며 쇳덩이를 이어 붙이다

철갑을 두른 방주方舟의 승객 명단에는 그의 이름이 없
었다. 조선소의 용접사는 취부사의 지시에 따라 강철판
조각들을 빈틈없이 이어 붙일 뿐이다. 현대중공업이 초
대형 유조선 1호인 애틀랜틱 배런호를 한국 최초로 진
수했던 1974년부터 그는 쇠를 다루는 노동자였다. 학
력이라고는 초등학교 졸업장이 전부였던 용접사는 영
문이 섞인 취부사의 도면을 이해할 수 없었다. 용접사
는 공룡처럼 덩치를 키우고 있는 방주 위에 올랐다. 갑
판은 운동장보다 넓었다. 그는 깨달았다. 철판을 재단

하는 취부사가 되기는 영 글러 먹었다는 사실을.

조선소 하청업체 용접사 조춘만이 1만 1,300개의 컨테이너를 실을 수 있는 아퀼라호에 오른 것은 40년 가까운 세월이 흐른 뒤였다. 그사이 그는 사진작가가 되었다. 많은 일이 있었다. 사우디아라비아와 쿠웨이트에서 모래밥을 먹으며 3년 동안 송유관을 용접했다. 귀국해서 식당과 슈퍼마켓을 열었다. 그리고 틈틈이 공부했다. 학력 콤플렉스 때문이다. 검정고시로 고등학교 졸업장을 따자 학원 강사는 대학에 가라 했다. '무슨 과를 가지?' 사우디아라비아에서 귀국할 때 사온 니콘 FM 카메라가 생각났다. '그래, 이제 내가 좋아하는 일을 해보자!' 그는 서라벌대학교와 경일대학교에서 사진을 전공했다. '뭘 찍지?' '내가 살던 곳과 내가 했던 일을 찍자!'

인연이란 묘하다. 아들뻘 되는 동기생 덕분에 조춘만의 사진집 『타운스케이프Townscape』(2002)가 기계비평가 이영준 교수에게 전달되었다. 우연이었다. 이영준은 중공업 산업단지의 풍경을 찍은 조춘만의 시선에 주목했다. 2013년 아퀼라호의 승선 티켓을 조춘만에게 건네준 이도 그였다. 방주에 오른 조춘만은 감회에 휩싸였다. 10만 마력짜리 엔진이 포효하는 굉음, 프로펠러 회전축의 격렬한 떨림, 강철 갑판과 외판의 견고한 이음새…… 이 거대한 괴물은 조춘만이 용접했던 현대

⟨IK140870 골리앗⟩, 2014년.

ⓒ 조춘만

중공업에서 건조된 방주가 아니던가! 수많은 노동자의 피, 땀, 눈물로 채워진 도크dock에서 몸집을 불린 아퀼라호는 용접사 조춘만을 태우고 망망대해를 향해 출항했다.

유레카! 아퀼라호는 헤엄치는 하나의 생명체 같았다. '유체 속에서 물체가 받는 부력은 그 물체가 차지하는 부피에 해당하는 유체의 무게와 같다'는 그리스 수학자 아르키메데스Archimedes, B.C.287~B.C.212의 원리를 이해했던 것은 조춘만의 머리가 아니라 그의 육체였다. 쌀알 같은 불똥을 튀기며 쇳덩이를 이어 붙이던 그가 흘렸던 진액의 농도가 바다보다 진했던 것이다. 한데 엉겨 굳어진 시간들은 한순간에 진수된다. 철갑 방주에 올랐던 그해에 조춘만은 프로 사진가 목록에 당당히 이름을 올려놓았다.

한국의 산업 풍경들을 수집하다

'인더스트리 코리아Industry Korea.' 2013년부터 시작된 조춘만 사진전의 제목이다. 그는 자신의 사진들 앞에 'IKIndustry Korea'라는 알파벳 접두사를 단다. 국내 유일의 산업 사진가인 조춘만은 범위를 세계적으로 넓혀보아도 손에 꼽힐 만하다. 근대 산업의 유물들을 기록했던 독일의 베른트·힐라 베허Bernd and Hilla Becher 부부, 증기기관차의 야경을 촬영했던 미국의 윈스턴 링크 Winston Link, 1914~2001, 자동차의 속도에 열광했던 프랑스의 자크 앙리 라르티그Jacques Henri Lartigue, 1894~1986. 이 3명의 이름 이외에는 조춘만과 견줄 만한 사진작가를 나는 알고 있지 못한다. 범위를 좀더 축소해본다면, 중공업 분야의 산업 이미지를 사진 찍은 작가는 조춘만이 세계에서 유일하다고 나는 조심스럽게 주장해본다.

아무도 기록하지 않았던 것들을 처음 촬영했다는 이유로 조춘만의 사진을 소재주의로 평가하는 것은 부당하다. 그의 카메라 아이camera-eye는 엄격한 베허 부부의 사진술만큼이나 일관성이 있다. 좋아하는 사진작가가 있느냐는 질문에 조춘만은 독일 사진작가 아우구스트 잔더라고 답했다. 나는 고개를 끄떡거렸다. 독일인의 초상들을 정직하게 집대성하려 했던 잔더의 원대한 기획처럼 조춘만은 한국의 산업 풍경들을 차곡차곡 수집하고 있기 때문이다.

이제 사진 한 장을 보며 조춘만의 작가 스타일을 살펴보자. 'IK140870' 사진이다. 접두사 'IK' 다음에 오는 숫자 '14'는 2014년에 찍은 사진이라는 뜻이다. '골리앗'이라는 간단한 제목을 달고 사진집『조춘만의 중공업』에 수록되었다. 사진집을 보지 않았다면 골리앗이 도대

〈IK150312 석유화학〉, 2015년.

ⓒ 조춘만

체 어떤 것인지 짐작하기 어렵다. 골리앗은 미야자키 하야오宮崎駿 감독의 애니메이션 〈하울의 움직이는 성〉(2004)을 떠올리게 한다. 하울의 성은 하늘을 날고, 조춘만의 골리앗은 바다 위를 유영한다. 당시 세계 최대의 FPSO(시추선의 일종) 골리앗은 2015년 울산 앞바다에 진수되었다.

조춘만은 중공업의 거대한 풍경이 볼 만하다는 것을 보여주기 위해 피사체의 눈높이나 그보다 높은 곳으로 카메라를 짊어지고 오른다. 독일 사진작가 베허 부부의 정면성과 안드레아스 구르스키Andreas Gursky의 사진을 거론할 때 말하는 '신의 시점'이 번갈아 사용된다. 조춘만은 구르스키보다 위대할 수 있다. 구르스키는 보여주고 싶은 이미지를 그리기 위해 디지털 기술의 힘을 빌리지만, 조춘만은 카메라의 정직한 기계적 속성을 최대치로 끌어올린다. 그러면서도 조춘만은 구르스키가 표현했던 선과 면과 색의 추상성을 찍어낸다.

석유화학 공장의 풍경들이 그렇다. 수평과 수직으로 직조된 배관들, 원통과 공 모양의 저장탱크, 하늘 높이 치솟은 굴뚝들을 보며 기계비평가 이영준은 앙코르와트를 연상했다. 캄보디아의 앙코르와트가 신을 위한 휴식처라면 조춘만의 앙코르와트는 수많은 연금술사의 일터다. 울산에서 달까지의 거리만큼 길다는 배관을 통

과하는 석유는 우리가 손에 쥐는 거의 모든 상품의 원
자재로 탈바꿈된다.

현대인들은 상품의 제조 과정에 대해 궁금해하지 않
는다. 롤랑 바르트는 "사물들은 신화 속에서 그 제작에
대한 추억을 잃어버린다"고 『현대의 신화』에 적는다.
상품 판매자들도 마찬가지다. 그들은 자기네 상품을 소
유하면 CF가 보여주는 근사한 삶을 살 수 있다는 신화
를 만들어낸다. 조춘만은 상품을 숭배하는 욕망의 메커
니즘을 문제 삼지는 않는다. 그는 잃어버린 사물의 탄
생에 대한 추억을 환기시킨다. '피안彼岸.' 2021년 열렸
던 전시회 제목이다. 조춘만은 상품의 물신성을 숭배하
는 현대인들을 피안에 이르게 할 수 있을까?

기계가 꽃보다 아름답다

조춘만이 도달한 피안의 세계에는 사람이 없다. 자기가
살던 동네였던 울산 부곡동은 마을 전체가 사라지고 석
유화학 공장이 들어섰다. 부곡동뿐만이 아니다. 대구
달성의 농촌 마을에서 태어난 그가 울산살이를 시작했
던 1974년부터 울산은 국가산업단지로 지정되어 자연
부락의 모습을 잃어갔다. 울산의 바닷가 대부분에 공장
이 들어서자 해안선이 바뀌었다. 새로운 지질시대 개념

으로 '인류세Anthropocene, 人類世'라는 용어가 있다. 인간 활동이 지구환경을 변화시키는 지금의 시대를 말한다. 카이스트의 인류세 연구자들은 조춘만에게 사진을 요청했다. 조춘만에게는 공장에 의해 사라진 자연부락과 그 이후의 풍경을 사진에 담은 이력이 있기 때문이다.

군더더기 없는 조춘만의 명함에는 'Photographer'라는 영문 옆에 'Performer'라는 단어가 하나 더 적혀 있다. 그는 프랑스 극단 '오스모시스Osmosis'의 연기자다. 나는 조춘만의 인연이 묘하다고 앞서 이야기했다. 그는 지인의 소개로 오스모시스의 연출가 알리 살미Ali Salmi를 만난다. 세계적인 중공업 도시를 직접 보고 느끼기 위해 울산을 찾은 알리가 묵었던 민박집 주인이 당신처럼 기계에 환장한 사람을 알고 있다며 그를 소개했다. 조춘만의 사진집을 본 알리는 그의 과거를 물었다. 용접사라는 그의 답변에 알리의 눈빛은 반짝였다. 알리가 물었다. "용접하는 동작을 보여줄 수 있겠소?" 조춘만은 고개를 끄떡였다. 그가 산업 사진으로 첫 개인전을 열고, 기계비평가 이영준과 함께 방주에 올랐던 2013년, 조춘만은 알리가 연출한 〈철의 대성당 Cathédrale d'acier〉을 프랑스에서 초연했다.

기계의 죽음을 처음 목격했던 곳은 독일이다. 사진집 『Völklingen 산업의 자연사』의 작가 노트에 그는 "뒤

통수를 세게 얻어맞은 기분이었다"고 감회를 적는다. 프랑스에서 공연 연습을 하던 조춘만은 알리의 손에 이끌려 독일 푈클링겐Völklingen 제철소를 방문했다. 제2차 세계대전 당시 독일군 철모의 원자재 대부분을 생산했던 제철소는 1986년 문을 닫았다. 한국을 비롯한 일본·중국의 제철 산업과 경쟁할 수 없었기 때문이다. 1994년 유네스코는 푈클링겐 공장을 세계유산으로 지정했다.

적막강산寂寞江山. 가동이 멈춘 푈클링겐을 설명하는 말이다. 철판 조각을 하나의 세포로, H빔을 뼈대로, 엔진을 심장으로, 전선은 신경으로, 배관을 혈관으로 상상하며 기계를 하나의 생명체로 간주했던 조춘만은 푈클링겐을 보며 가슴이 미어졌다. 가동이 멈춘 기계에 자연현상은 집요하게 침투한다. 철광석을 녹이는 연료를 생산하던 코크스로의 문은 검붉은 녹이 꽃을 피웠다. 완벽하게 연결되었다고 생각했던 철판의 용접 부위에 빗물이 스미고, 소나무와 자작나무의 씨앗은 그 틈에 파고들어 가지와 뿌리를 내렸다. 조춘만은 두렵다. 머지않아 울산도 푈클링겐처럼 자연으로 돌아가는 것은 아닐는지……

소가죽으로 만든 갑옷을 입고 조춘만이 용접사로 일했던 울산의 산업단지를 그와 함께 드라이브를 하며 둘러보았다. 방어동 공장의 외벽에는 누구의 이야기인지

〈IK197726 선철 적재〉, 2019년.

© 조춘만

〈IG145355 코크스로의 문〉, 2014년.

© 조춘만

짐작이 가는 구호가 적혀 있었다. "우리가 잘되는 것이 나라가 잘되는 것이며 나라가 잘되는 것이 우리가 잘되는 길이다." 나는 고개를 꺄우뚱거렸다. 내 머릿속에는 다른 말이 떠올랐다. "가장 개인적인 것이 가장 창의적인 것이다." 미국 영화감독 마틴 스코세이지는 그렇게 말했다. 그의 말은 사진에도 인용될 수 있다. 조춘만은 나라가, 혹은 기업이 요구해서 산업 사진작가가 되지 않았다. 그는 그저 자신의 이야기를 사진 찍고 있을 뿐이다. 하지만 결과물은 놀랍다. 조춘만의 사진이 바로 '한국 산업의 자연사'이기 때문이다.

사라진 집에 대한 어떤 기억들

(+)

강홍구의 사진

공터와 풍경

오징어 게임이 싫었다. 다른 놀이들은 좋아했다. 망까기(비석치기), 사방치기, 땅따먹기 등 대부분의 놀이는 개인기의 정교함이 승패를 갈랐다. 오징어 게임은 달랐다. 힘센 아이가 무조건 유리했다. 첫 번째 관문부터 너무 버거웠다. 덩치 큰 수비수가 지키는 좁은 통로를 깨금발로 통과해야 된다니! 괴성을 지르며 상대를 박살내는 호리호리한 체구의 이소룡처럼 수비수를 제압하고 싶었던 유년의 기억은 동네 골목과 공터에서 시작된다.

　미로 같은 골목과 중간중간에 나타나는 공터의 풍경

〈수련자-요기소지, 2005-6〉.

ⓒ 강홍구

은 다양했다. 수업을 마친 아이들에게는 게임의 장소였고, 평상이 놓인 담배가게 앞은 어른들의 사랑방이었다. 고무대야 화분이 놓인 비탈진 계단은 작은 정원이었고, 밤이 되면 제법 큰 골목의 포장마차가 불을 밝혔다. 골목과 공터는 그곳을 점유한 사람들이 필요에 따라 본래의 용도를 변경할 수 있도록 허락받은 장소였던 셈이다. 프랑스의 철학자 미셸 푸코였다면 '헤테로토피아'라고 불렀을까? 아이들은 헤테로토피아를 완벽하게 이해하고 있다. 미셸 푸코는『헤테로토피아』에서 이렇게 말한다.

"그것은 당연히 정원의 깊숙한 곳이다. 그것은 당연히 다락방이고, 더 그럴듯하게는 다락방 한가운데 세워진 인디언 텐트이며, 아니면-목요일 오후-부모의 커다란 침대이다. 바로 이 커다란 침대에서 아이들은 대양을 발견한다. 거기서는 침대보 사이로 헤엄칠 수 있기 때문이다. 이 커다란 침대는 하늘이기도 하다. 스프링 위에서 뛰어오를 수 있기 때문이다."

헤테로토피아는 양립 불가능한 여러 공간과 시간을 한 장소에 겹쳐 놓는다. 극장, 공동묘지, 박물관, 도서관 등의 장소가 헤테로토피아의 예시가 되는 공간들이다. 가령 도서관과 박물관은 다른 장소들의 이야기들과 과거의 시간들을 축적시키고 가두어놓는 이질적인 장소다. 뱀 여인, 격투사, 점쟁이들이 출몰하며 작은 축제가 벌어졌던 유럽의 공터와 같은 헤테로토피아는 엿장수의 가위 장단과 약장수의 품바 타령이 울려 퍼지던 우리네 옛 마을 공터와 풍경이 비슷하다.

미셸 푸코는 헤테로토피아에 대한 과학을 미완으로 남겨놓고 세상을 떠났다. 그가 묘사했던 자본과 권력으로 점철되지 않은 '다른hetero' 공간인 헤테로토피아는 실재할까? 영혼까지 긁어모아 아파트를 사지 않아 바보가 되고, 이익을 환수하면 정당성이 확보되는 재개발의 논리가 토지 형질을 바꿔버리는 지금의 분위기는 헤테로토피아보다는 디스토피아를 떠올리게 한다. 그리고 이런 지옥도에서 고군분투하는 장난감 인형을 찍은 사진들이 머릿속에 맴돌았다. 강홍구의 '수련자 혹은 태산압정, 2005-6' 연작이다.

버려진 사물들은 어떤 사연을 품고 있을까?

까만 머리카락과 눈썹을 휘날리며 웃통을 벗고 있는 무도인 형상의 인형이 대문 기둥에 앉아 있다. 빨간 권투 장갑을 낀 손과 팔의 품새는 한번 올 테면 와 보라는 듯 당당하다. 〈수련자-요기소지〉 사진에서 수련자가 바라보고 있는 아랫마을은 신축 아파트와 철제 가림막에 둘러싸여 공사장으로 변해가고 있다. 옥탑방이 딸린 연립주택도 창문과 지붕이 뜯겨 나갔다. 우락부락한 무도인의 기세에 놀란 것일까? 굴착기 한 대가 흙무덤 뒤에 숨어 있다. 쓸려나간 집터에 남아 있는 나무들의 운명은 어떻게 될까? 오지랖 넓은 무도인이 지켜낼 수 있을까?

수련자의 다른 사진들을 찾아보았다. 폐허로 변해가는 주택가를 종횡무진 활보하는 수련자의 다양한 동작이 제법 심각해 보인다. 금강불괴金剛不壞, 장홍관일長虹貫日, 만천화우滿天花雨 등 중국 무협지에 나오는 무공 용어들이 소제목으로 달려 있다. 수련자의 정체는 일본 게임 캐릭터인 '미시마 가즈야三島一八'라는 인형이다. 주특기는 공수도다.

강홍구는 재개발 풍경에 인형을 넣은 이유를 '꼼수' 혹은 일종의 '맥거핀MacGuffin 효과'라고 작가 노트에 적었다. 맥거핀은 영화에서 중요한 것처럼 자주 보여주지만 사실은 아무 의미도 없는 관객을 속이는 장치다. 동의하기 어려웠다. 나는 수련자 인형이 재개발 광풍에 휩싸인 우리 사회에서 살아남기 위해서는 무공이라도 수련해야 한다는 우화처럼 다가왔기 때문이다. 엉뚱한 상상력이 궁금해 경기도 고양시 원흥동에 있는 작가의 작업실을 찾아 장난감의 정체를 물었다.

"돌아다니다 주운 장난감이다. 재개발 중이던 불광 4구역이다. 처음 주웠던 것은 수련자가 아니라 '미키네 집'이었다. 연립주택 옥상 창고 안에 버려진 장난감 무더기에서 발견했다. 재밌겠다 싶었다. 찍고 나니 실제로 재밌었다. 주운 비닐봉지에 넣어 다니며 담벼락 위에, 마당에, 방 안에, 철근 위에 놓고 찍었다. 바람이 불어 미키네 집이 떨어져 지붕이 깨졌다. 버려진 스카치 테이프로 지붕을 수리하고 계속 찍었다. 웬만큼 찍고 나서 다른 게 없나 찾아보았다. 그때 발견한 것이 수련자다."

사람들은 많은 것을 버리고 떠났다. 이불, 장롱, 레코드판, 가족 사진 앨범, 성혼 선언문까지. 아파트로 이사를 간 것일까? 공사장의 떠돌이 개들. 작은 개는 죽고 큰 개는 들개가 되었다. 부모님과 형제자매와 함께 웃고 있는 개의 얼굴을 그린 그림도 벽에 붙어 있었다. 아이들에게 버림받은 미키네 집과 수련자 인형은 어떤 사

〈미키네 집-방 안 2005-6〉.

ⓒ강홍구

연을 품고 있을까? 버려진 사물들은 강홍구에게 일종의 읽어야 할 기호로 남겨져 있었다.

주거의 기호인 집과 아이들의 장난감을 한 장면에 배치했다. 씨줄과 날줄이 엮이듯 기호는 이야기를 만들어낸다. 노란 벽돌과 분홍색 지붕으로 꾸민 미키네 2층 양옥집은 아이뿐만 아니라 어른들도 살고 싶어 하는 집에 대한 로망이다. 반사경을 머리에 달고 다락방 창문에 얼굴을 내민 미키처럼 의사가 된다면 저런 집에 살 수 있을까?

교편을 접고 미대를 나와 붓질을 하던 손이 카메라를 잡았던 건 세기말이었다. 강홍구는 "현실이 비현실적으로 보이는 어떤 때"를 포착하고 싶었다. 강홍구의 화실 주변에서 벌어지는 재개발의 풍경이 기묘하고 이상했다. 재개발을 당연한 것처럼 바라보는 사람들의 반응 또한 기이했다. 1999년 구입한 디지털카메라로 현상해낼 수 있는 풍경의 크기는 작았다. 여러 컷을 찍어 연결했다. 한군데 서서 보는 것이 아니라 사람들이 몇 발짝 걸어가면서 사진의 세부를 들여다보기를 원했다. 눈속임은 싫었다. 알아차릴 수 있을 정도의 균열을 남겨놓았다. 강홍구는 "사진은 세상을 파편으로 보여준다"는 사진비평가 지크프리트 크라카우어Siegfried Kracauer, 1889~1966의 생각을 공유한다.

자연부락의 소멸

2004년 발표된 〈오쇠리 풍경〉은 김포공항과 붙어 있는 한 마을이 폐허로 변해가는 파편화된 풍경들을 연결해 파노라마로 보여준다. 1942년 일제강점기에 군용 비행장이 들어서면서 오쇠리 주민들은 끔찍한 소음 속에서 수십 년을 살아왔다. 주민들은 항의했고 1987년 오쇠리는 항공기 소음 피해 1종 지역으로 결정되었다. 피해 보상은 그곳의 생활인이 아닌 소유자들의 몫이었다.

강홍구가 처음 오쇠리를 방문한 1999년, 갈 곳을 찾지 못한 100여 가구가 오쇠리에 남아 있었다. 마을 전 깃줄 위로 아슬아슬하게 비행기가 지나갔다. 집에 들어가기 싫어하는 듯 머리에 손을 얹은 학생의 뒷모습이 사진에 남아 있다. 집이 헐린 폐허 위에 버려진 중장비 사이를 파고들며 웃자라는 잡초들. 농사를 짓던 땅은 여전히 초록빛 생명을 키워냈다. 사진술이 파편적인 것이 아니었다. 농촌과 폐허, 비행기로 대표되는 최첨단 기술의 풍경들이 파편으로 기이하게 공존하고 있었다.

대파, 미나리, 배추 따위를 키우던 농촌 같던 오쇠리는 이제 흔적도 없이 사라졌다. 강홍구는 최첨단 산업으로 파괴된 자연부락의 종말을 확인했다. 현실적인 유토피아와 비슷한 공간이 자연부락이라는 강홍구의 생

〈오쇠리 풍경 6, 2004〉.

ⓒ 강홍구

각은 미셸 푸코가 묘사하려던 헤테로토피아와 비슷한 그림이다. 자연부락 오쇠리의 소멸을 강홍구는 이렇게 설명한다.

"잃어버린 것은 특별한 장소성이다. 장소성이란 지리학에서 다른 곳과 구별되는 단위 장소의 고유한 특성을 의미한다. 서울의 경우 장소성이 사라진 자리에는 이른바 무장소성이 그것을 대신한다. 대도시 어디에서나 볼 수 있는 건물, 상점, 가로 풍경 등은 약간의 차이는 있지만 대단히 유사한 경관을 가지고 있다. 다른 도시의 장소성을 훔쳐온 장소적 도용이라는 혐의가 짙다. 장소성이 사라진 자리를 무장소성과 지리적 인용, 장소의 표절이 대신한다."

'은평뉴타운 연대기'는 2002년에 시작되었다. 불광동 작업실에서 북한산을 오르는 길에 마주친 마을의 풍경이 흥미로웠다. 물푸레골, 폭포동, 못자리골, 우물골, 제각말……. 마을의 이름이 알려주듯이 진관동 일대는 농촌 풍경의 북한산 아랫마을이었다. 그런데 갑자기 뉴타운 계획이 발표되었다. 사진의 맥락이 바뀐 것이다. 사진을 찍을 당시에는 그저 일단 찍어두자 혹은 농촌과 도시 사이의 접점과 변이를 추적해보려 했

다. 하지만 결과적으로 사라진 것들에 대한 의도하지
않은 기록물이 되었다. 강홍구는 "토목공사적 상상력
이 사진적 상상력을 훨씬 앞질러 버린 것"이라고 맥락
을 설명했다. 은평역사한옥박물관은 강홍구의 사진들
을 한때 전시하며 과거를 기억했다.

은평뉴타운의 재개발 풍경은 읽을거리가 많았다.
"내집 사랑합니다-투쟁", "북망산천 두고 가니, 구파발
이 그립구나!" 집집마다 걸린 현수막의 말들은 진부하
고 상투적이지 않았다. 저마다의 개인사를 반영한 개별
적인 외침들이었다. 강홍구는 아파트 숲으로 뒤바뀐 은
평뉴타운을 거닐며 옛 풍경을 떠올린다.

"산비탈에 세워진 집들은 하나도 같은 게 없었다. 바
위투성이의 산언덕에 한 채의 집을 짓는 것은 얼마나
힘들고 어려운 일이겠는가. 재료들이야 뻔하다. 시멘
트, 목재, 플라스틱 등 결국 아파트를 짓는 재료와 똑같
다. 하지만 그 재료들이 가진 놀라운 개별성과 개성이
훨씬 잘 드러난다. 발레리가 그랬던가. 인간이 만든 구
조물들은 그 재료들보다 단순하다고."

강홍구는 사라져버린 집들에 대한 오마주를 표현하
기 위해 과거의 사진에 색을 칠했다. 2010년에 발표한
'그 집' 연작은 사진과 그림 사이를 떠도는 어떤 기억들
이다.

기억은 장소와 맞물려 있다. 『잃어버린 시간을 찾아서』에서 마르셀 프루스트의 유년 기억은 '스완네 집 쪽으로', '꽃핀 소녀들의 그늘에서', '게르망트 쪽' 등 과거의 어떤 장소로 소환된다. 내 유년의 기억은 비탈진 골목길 구석구석에 닻을 내리고 있다. 온라인 쇼핑몰에서 주문한 요리 키트로 딸아이와 함께 달고나를 만들며 아빠의 어린 시절 이야기를 꺼냈다. "아빠는 연탄불로 녹여 만든 달고나를 골목길에 쭈그리고 앉아서 먹었어. 하나에 50원이었나." 세대 간 공유할 수 있는 장소성을 상실했기 때문일까? 이야기를 듣고 있는 어린 소녀의 표정이 알쏭달쏭했다.

검은 하늘과 하얀 땅

(+)

김승구의 사진

"사람이 죽어도 쟁기질은 멈출 수 없다"

피터르 브뤼헐Pieter Brueghel, 1525~1569의 그림 〈이카로스의 추락이 있는 풍경〉(1558)을 본 시인 윌리엄 칼로스 윌리엄스William Carlos Williams, 1883~1963는 다음과 같이 노래했다.

"날개의 밀랍을 녹여 버린 태양 아래 땀 흘리며 / 앞바다에선 사소하게 일이 하나 있었으니 / 아무도 몰랐던 어떤 풍덩 이것은 익사하는 이카로스였다."

지중해가 내려다보이는 언덕에서 밭을 가는 농부와 양을 치는 목동, 바닷가 낚시꾼에게 날개 달린 인간의 추락은 안중에 없다. 화가가 그리고자 했던 것은 시인의 노래처럼 신화가 아니라 평민들의 삶이다.

피터르 브뤼헐이 살았던 유럽 플랑드르 지역에는 "사람이 죽어도 쟁기질은 멈출 수 없다"는 속담이 전해진다. 먹고사는 일이 녹록지 않았던 시절의 풍경을 그린 것일 터. 중세의 가을이 지난 15세기 무렵부터 플랑드르 화가들은 종교화의 속박에서 벗어나며 인간 세상을 바라보기 시작했다. 이카로스에게 날개를 달아준 다이달로스의 경고처럼, 아주 높지도 낮지도 않은 위치에서 바라본 풍속화다.

젊은 사진가 김승구의 포트폴리오는 이카로스의 비상을 보는 듯하다. 미로 같은 세계를 조망하려는 김승구는 다이달로스의 날개를 달았지만 오만방자한 이카로스와는 달리 선배들이 개척한 항로와 항법을 지키며 비행한다. 디지털 시대에 구시대 유물처럼 보이는 대형 필름 카메라와 삼각대를 화물칸에 싣고 다닌다는 점에서 그렇다. 젊은 작가의 혈기는 또 다른 항로를 개척하기 위한 연료가 된다.

그의 목적지는 어느 누구도 도달하지 못한 미지의 세계다. 그래서 김승구의 비행은 고단하다. 대기권 밖 수많은 인공위성이 고해상 카메라로 지구 구석구석을 촬영하고, 구름 아래에서는 까마귀만 한 드론이 갈지자

〈하동 관측소, 23-2-6, 5:35 AM, AQI 113〉, 2023년.

ⓒ 김승구

로 비행하며 이미지를 채집하는 시대를 김승구는 온몸으로 맞서고 있기 때문이다. 아직도 사람이 직접 찍어야 할 장면들이 인간 세상에 널려 있다.

김승구의 최근 항로는 경남 하동의 한 야산이었다. 인간이 만든 화력발전소와 국가산업단지, 자연이 연결된 상태를 조망할 수 있는 지점에 삼각대를 펼쳤다. 대기 상태를 기록하기 위한 김승구의 관측소다. 그의 관측 일지에는 다음과 같은 목표가 적혀 있었다.

"이제까지의 모든 풍경 사진에서 '배경'으로 치부했던 '대기'와 그 속의 '보이지 않는 물질들', 그 '희미한 존재'들을, 그들에 의한 환경의 '변화'를, 우리의 '현실'을, 온전히 마주할 수 있기를 희망한다."

관측 방법은 다음과 같다. 한 지점을 반복해 오랫동안 지켜보기, 하루를 시간대별로 나누어 관측하기, 촬영 시점의 대기질 상태 AQIAir Quality Index를 기록하기.

중력의 족쇄에서 자유롭다

사진 연작 '하동 관측소'에서 포착된 눈에 "보이지 않는 물질들"은 무엇이었을까? 하동 화력발전소와 여수·광양의 국가산업단지, 한려해상은 관측 대상이 아니다. 그것들은 단지 관찰의 기준점이자 사물의 윤곽일 뿐,

김승구가 필름에 현상해내려 했던 것은 멀리 떨어져 있는 사물과 관측소 사이를 메우고 있는 눈에 보이지 않았던 미지의 것들이다. 인간 망막이 아닌 필름의 은銀가루가 걸러낼 수 있는 어떤 것들 말이다. 관측 결과는 다음과 같이 적혀 있다.

"필름에 맺힌 이미지 속에서 '하얀 땅'이 '검은 하늘'과 맞닿아 있고, '검은 연기'가 '검은 구름'으로 이어지는 것을 보았다."

관측 일지의 방점은 잘못 찍혀 있는 것 같다. '검은 연기' 등에 표기된 작은따옴표가 '맞닿아 있고'와 '이어지는 것'에 표기되어야 작가가 이전부터 도달하고자 했던 목표를 명료하게 기록할 수 있을 테니까. 김승구는 "인간과 환경이 서로 연결되어 영향을 주고받는 관계"를 가시적인 형상으로 드러내고자 한다.

〈Better Days(좋은 시절)〉, 〈Bam Islet(밤섬)〉, 〈Riverside(강변)〉, 〈Jingyeong Sansu(진경산수)〉 등 이전 포트폴리오는 우리가 살고 있는 도시를 중심으로 환경과 인간의 관계를 탐색했다. 디자인 연구자 박해천 교수가 '콘크리트 유토피아'라 했고, 뉴욕 출신 래퍼 제이 지가 '콘크리트 정글'이라 노래했던 메트로폴리탄의 풍경들. 〈진경산수〉에는 금강산 등 명산의 복제물로 꾸며진 아파트의 단면들이 펼쳐지고, 콘크리트로 축성된

〈강변〉에는 물난리를 구경거리로 삼는 도시인들의 기이한 광경이 목격된다.

한강의 무인도 '밤섬'은 정글 모습인데, 이곳에 사람들이 살았다는 섬의 역사를 서울 시민들은 알고 있을까? 1968년 여의도 제방을 쌓는 축석築石을 확보하기 위해 밤섬은 폭파되었다. 반세기 전 펼쳐진 환경 파괴 작전이다. 〈좋은 시절〉에는 강수욕을 즐기던 한강변 모래사장이 사라진 자리에 '공구리(콘크리트) 친' 야외 수영장 풍경이 등장한다. 〈진경산수〉처럼 도심 속에 억지로 끼워 넣은 듯한 유원지와 공원, 지방 축제의 풍경은 〈좋은 시절〉에서도 계속 이어진다.

인간과 환경의 상호작용에 대한 시선은 동일하지만 시점 변화가 있다. 〈진경산수〉에서 김승구는 도시 산책자처럼 두 발로 도시를 걷다 마주친 장면들을 채집했다. 사람의 눈높이 시점이다. '밤섬'과 '강변'을 산책하던 김승구는 때에 따라 높은 곳에 오른다. 한강을 떠도는 갈매기가 비행하는 정도 높이에서. 새의 시점은 〈좋은 시절〉에서 일관되게 유지되며 콘크리트 정글을 조망한다.

배경으로 자주 목격되는 아파트는 박해천 교수가 『콘크리트 유토피아』에 썼듯이, "대오를 갖춰 팽팽한 긴장감을 유지하는 도도한 몸맵시"를 자랑한다. 아파트의 전체적 맵시는 산책자가 감상할 수 있는 범위를 넘

⟨Better Days⟩, 2016년.

ⓒ 김승구

어선다. 새의 시점에서나 감상될 수 있는 풍경인데, 아파트의 원형을 창조한 르코르뷔지에는 "중력의 족쇄로부터 자유로워져 건축적 상상의 날개를 펼치며" 건축물을 도시 전체 차원에서 설계했다.

〈좋은 시절〉에 등장하는 휴식과 축제 장면은 매스미디어에도 단골로 나오는 소재들이다. 미디어에는 대개 다음과 같은 캡션이 달린다. '한강공원 수영장을 찾은 시민들이 물놀이를 즐기며 더위를 식히고 있다.' 중력의 족쇄에서 자유로운 김승구의 사진에는 좀더 많은 이야기가 스며들어 있다. 그것은 "어떤 상황에도 적응하고 함께 즐기며 '공존'을 위해 노력하는 한국인의 모습"이다.

수영장 주위에 빼곡히 들어찬 파라솔과 물소 머리 모양 상표가 새겨진 똑같은 그늘막 텐트, 한강을 제방처럼 둘러싼 아파트 물결, 한강의 기적을 기념하는 오벨리스크처럼 강물 한가운데에 우뚝 선 콘크리트 교각橋脚들⋯⋯. 여기에 와글와글 모여 있는 개미 같은 사람들은 김승구의 생각처럼 "어떤 상황에도 적응하고 함께 즐기"고 있는 것일까? 김승구의 사진을 보는 나는 철학자 한병철이 『리추얼의 종말』에 적은 문장들을 다시 읽어본다.

"휴식도 생산에 장악되어 휴가로, 회복을 위한 중단

으로 격하된다.……휴가는 공허한 시간, 공허에 대한 공포다.……그래서 많은 이들이 다름 아니라 휴가 중에 병에 걸린다."

멍하니 어둠을 바라보다

김승구가 바라보는 세상은 사람들에게 다양한 질문을 던질 뿐, 정답을 강요하지는 않는다. 새처럼 하늘에서 본 인간 세상의 풍경이 그만큼 다층적이기 때문이다. 사람들은 영국 일러스트레이터 마틴 핸드퍼드Martin Handford의 그림책『월리를 찾아라』를 펼쳐보듯, 이야기의 주인공인 월리를 찾아 사진 속을 탐색한다. '숨은 월리 찾기'를 하는 사람들은 탐색 과정에서 자기 자신의 모습을 마주치기도 한다. 타인은 지옥일 수도 있지만 자기 자신일 수도 있는 것이다.

그러나 최근 발표한 김승구의 '하동 관측소'에서 월리를 찾는 일은 쉽지 않다. 빨간 줄무늬 티셔츠를 입던 월리가 해리포터처럼 투명 망토를 걸쳤기 때문이다. 빛이 투과되는 투명 망토는 사람 눈을 속인다. 눈빛은 사물에 반사되어 다시 내게로 되돌아와야 존재를 지각할 수 있다. 김승구가 고군분투했던 것은 바로 빛에 대한 문제였다. 빛이 없다면 사람은 누구나 눈뜬장님이다.

⟨하동 관측소, 23-2-6, 5:35 AM, AQI 113. Negative⟩, 2023년.
ⓒ 김승구

빛은 입자일까? 아니면 파동일까?

유난히 어두운 밤이었다. 짙은 해무가 깔리고 달빛조차 없는 칠흑 같은 밤. 김승구는 관측 일지에 "아무것도 보이지 않아 멍하니 어둠을 바라본다"고 적는다. 그런데 우리는 어둠을 볼 수 있는 것일까? 아무것도 보이지 않는 상태를 왜 우리는 '어둠을 바라본다'고 적는 것일까? 보이지 않는 것 너머에 무언가가 존재한다는 직감 때문은 아닐까? 김승구의 직감은 현상된 필름을 관찰하면서 타당성을 획득한다. 음화negative된 필름에 현상된 세계는 인간 망막에 맺힌 이미지와 반대의 명암을 보여주고 있음을 새삼 깨달았다. 필름 속 하늘과 연기와 구름은 검정이고 땅은 하얀색이다. 어둡다는 것은 결국 바라보는 주체인 인간의 착각이 아닐는지……

완전한 어둠은 제로에 가깝다. 빛을 빨아들이는 블랙홀이 아니라면 말이다. 2023년 2월 6일 오전 5시 35분, 태양이 어둠의 장막을 걷어내기에는 아직도 이른 시간, 남녘의 하늘 밑은 인간이 만들어내는 빛으로 반짝이고 있었다. 땅덩이에 꽂은 빨대처럼 기립한 5개의

굴뚝에서 뿜어져 나오는 연기와 하동 화력발전소의 전
력을 공급받아 24시간 가동되는 산업단지의 불빛들이
용암처럼 한려해상으로 흘러가고 있다. 그래도 남녘 하
늘 대부분은 검다. 대기질 지수 AQI는 113. 노약자에
게는 해로울 정도의 상태다. 김승구는 인간의 불빛이
떠받치고 있는 암흑의 하늘을 두 가지 버전으로 인화했
다. 인간의 망막에서처럼 맺힌 이미지와 이와는 반대로
필름에 남겨진 은가루의 흔적이다.

보물섬을 떠도는 유령들

(+)

김신욱의 사진

돈스코이가 침몰했다

"망령revenant은 올 것이다. 늦지 않게 올 것이다. 아무리 늦더라도 올 것이다."

소비에트 공산주의가 침몰할 무렵, 프랑스에서 축문 祝文이 울려 퍼졌다. 낭독자는 철학자 자크 데리다Jacques Derrida, 1930~2004였다. 학계는 술렁였다. 정치적인 사건에 말을 아꼈던 철학자가 '마르크스의 유령들'을 불러내고 있었기 때문이다. 도대체 어떤 일이 있었길래 데리다의 입에서 '마르크스'니 '유령'이니 하는 단어들이 쏟아져 나왔을까?

귀를 막으려 해도 들려오는 어떤 노래 때문이었다. 대서양 건너 아메리카 대륙에서 울려 퍼지는 자유주의의 승전가. 일본계 미국인 정치학자 프랜시스 후쿠야마 Francis Fukuyama가 부르는 『역사의 종언과 최후의 인간 The End of History and the Last Man』(1992)이라는 광시곡인데, 후렴구에는 마르크스주의에 대한 장송곡葬送曲이 반복되었다. 데리다는 후쿠야마의 장송곡에 맞서서 푸닥거리했다. 『마르크스의 유령들』의 1장에서 데리다는 햄릿의 독백을 낭송한다. "시간이 이음새에서 어긋나 있다The time is out of joint." 어긋난 시간의 장막 틈새에서 유령이 등장한다.

한반도의 무대 위에 '공산전체주의'라는 허깨비가 배회할 무렵, 김신욱은 동해로 향했다. 러시아의 옛 망령을 불러내기 위해서였다. 유령에게는 이름이 있었다. '드미트리 돈스코이Dmitry Donskoy.' 그는 몽골 킵차크한국과의 전쟁에서 승리를 이끈 모스크바 공국의 영웅이다. 위대한 이름은 늦더라도 되돌아온다. 북극해의 얼음을 뚫고 부상할 수 있을 만큼 거대한 몸집으로. 1980년에 진수된 세계 최대 핵잠수함의 이름을 소비에트연방은 '드미트리 돈스코이TK-208'라고 불렀다. 러일전쟁이 한창이던 1905년 대한해협에서도 등장했다. 도고 헤이하치로東鄕平八郎, 1848~1934 제독의 함대에 밀려 블라디

〈선녀탕〉, 2023년.
ⓒ 김신욱

보스토크로 퇴각하던 러시아 발틱 함대의 순양함 이름도 '돈스코이'였다.

"5월 27일 오후 4시 30분경 일본군은 상황에 따라 순양함이나 수송함에 사격을 가했는데, 그 사격은 매우 정확했다.……마지막으로 날아온 포탄이 배 뒷부분에 있는 연통에 명중했다.……이때 울릉도가 보이기 시작했다. 대령은 울릉도로 방향을 바꿔 섬 부근에 가서 격침시키겠다고 밝혔다."

돈스코이라는 이름이 한반도의 무대에 재출현한 것은 새천년의 마지막 달이었다. 『경향신문』 원희복 기자는 2000년 12월 5일 '보물선을 찾았다'는 특종을 1면에 내민다. "1905년 러일전쟁 당시 최대 추정치 50~150조 원 상당의 금괴를 싣고 울릉도 근해에서 침몰한 러시아 발틱 함대의 수송함 돈스코이호의 선체가 발견된 것으로 알려졌다."

한국의 보물선 뉴스는 『뉴욕타임스』 등 해외 언론에까지 소개되며 세상을 술렁이게 했다. 러시아 대통령 블라디미르 푸틴Vladimir Putin은 돈스코이호의 보물이 러시아로 귀속될 것이라고 엄포를 놓으며 한국 정부를 향해 날을 세웠다. 죽다가 살아난 이도 있다. 부도 위기에 처했던 동아건설은 보물선 발굴 사업을 수주했다는 소식이 알려지며 주식이 폭등했다.

살과 피와 뼈가 없는 유령

동해의 유령은 반복해서 출현했다. 해프닝으로 끝난 줄 알았던 돈스코이호 발굴 사업이 8년 만에 다시 고개를 든 것이다. 2018년의 돈스코이호 사업이 폭등시킨 것은 주식이 아니라 비트코인이었다. 김신욱이 돈스코이라는 망령을 접하게 된 것은 바로 2018년도의 사건이다. 그는 비평가 진중권이 해석한 자크 데리다의 유령론을 떠올렸다. 유령은 "아직 실체는 없지만, 분명히 현실의 층위 위에 얹혀서 아른거리는 어떤 형상, 존재하지도 않으나 그렇다고 부재한다고 할 수도 없기에 섬뜩하게만 느껴지는 이 형상"이다.

김신욱의 '보물섬: 출몰하는 유령들'은 '실재하지만 드러나지 않는 일종의 유령'을 찾아 나서는 사진전이자 사진집 제목이다. 보이지 않는 것을 찍겠다는 야심 찬 기획은 이번이 처음은 아니다. 영국 스코틀랜드 북부 하일랜드의 거대한 호수에 공룡이 산다는 신화를 '네시를 찾아서'(2018~2020)라는 제목으로 사진에 담은 이력이 있다. 몇 해 전에 김신욱이 찾아 나섰던 것은 '한국 호랑이'(2021~)였다.

이쯤 되면 우리는 그가 협잡꾼이 아닐까 하고 의심할 수도 있다. 솔깃한 소재로 사람의 눈과 귀를 사로잡아 세간의 화제를 불러일으켜 유명해지고 싶은 얼치기 작가 말이다. 하지만 전시장에 들어서자마자 섣부른 추측은 여지없이 무너진다. 김신욱의 보물섬에는 우리 눈을 현혹시키는 금화 한 닢조차도 없기 때문이다. 어떤 섬에는 쓰레기만 보인다. 반복해서 말하지만, 그가 사진에 담고자 했던 것은 보물이 아니라 유령이었다.

유령은 실체가 없다. 살과 피와 뼈가 없다. 냄새도 없을까? 아무튼 손에 잡히지 않는 것이 유령의 형체다. 여기서 우리는 언뜻 상관없을 듯한 햄릿의 유명한 독백에 대한 번역을 잠시 짚고 넘어가 보도록 하자. 흔히 알고 있는 "사느냐 아니면 죽느냐"는 문장 말이다. 영문으로 "to be or not to be"인 것도 우리는 알고 있다.

하지만 삶과 죽음으로 풀이되는 해석이 항상 정답일 수는 없다. 자크 데리다는 『마르크스의 유령들』에서 모범 답안 하나를 제시한다. "존재하는가 아니면 존재하지 않는가." 프랑스인의 영문 해석은 '유령론hantologie'으로 이어진다. 존재하기도 하고 존재하지 않기도 하는 것, 존재와 비존재의 경계를 배회하는 것이 유령이다. 유령론은 존재론을 넘어선다.

유령은 가끔 목격된다. 아이들 장난처럼 유령은 하얀 망토를 뒤집어쓰고 출현한다. 『햄릿』의 허깨비 왕은 갑옷을 입고 무대에 오른다. 형체가 없는 유령은 무

〈가마오름 동굴 진지〉, 2023년.
ⓒ 김신욱

언가를 뒤집어써야 인간의 눈에 보일 수 있기 때문이다. 그러나 우리가 보는 것은 유령의 실체가 아니라 하얀 망토와 갑옷뿐이다. 하지만 유령은 우리를 볼 수 있다. 자크 데리다는 이렇게 "우리를 응시하는 이를 우리가 보지 못하는 것"을 "면갑面甲 효과"라고 설명한다. 투구의 일부로 얼굴을 가리는 껍데기가 면갑이다.

유령은 말을 건다. 면갑을 쓴 허깨비 왕은 햄릿을 노려보며 말한다. "나는 네 아비의 유령이니라!" 햄릿은 유령의 말을 믿을 수밖에 없다. 철갑에 가려진 왕의 얼굴을 식별할 수 없기 때문이다. 데리다의 표현에 따르면, 햄릿은 유령의 목소리에 '내맡겨져' 있다. 그렇다면 돈스코이라는 유령은 어떤 말을 했던 것일까? 나는 보물선이다? 일확천금을 노리는 인간들은 돈스코이의 목소리에 내맡겨진다.

발틱 함대의 병사들에게 지급할 금화와 은화, 금괴가 돈스코이호에 실려 있느니라! 진위가 증명되지 않은 유령의 말은 현실에서 효과를 발휘한다. 주식이 폭등하고 가상화폐 시장이 술렁였다. 신기하게 바라볼 이유는 없다. 비트코인이나 주식 역시 화폐와 마찬가지로 교환가치만 있을 뿐이고 사용가치가 없는 사물thing이라는 점에서 허상이기 때문이다. 마르크스는 상품도 물신物神이라 했다.

육지와 바다의 모호한 경계

"죽은 자의 궤짝 위에 열다섯 사람 / 어기여차, 그리고 럼주 한 병!" 영국 블랙힐 항구의 '벤보 제독' 여인숙에서 해적 노래가 울려 퍼진다. 타르가 발린 머리와 오른쪽 뺨에 칼자국이 새겨진 선장 빌리의 궤짝에는 보물섬으로 향하는 지도가 있다. 로버트 루이스 스티븐슨 Robert Louis Stevenson, 1850~1894의 소설 『보물섬』의 서막은 그렇게 올랐다.

김신욱의 보물섬 전시장 입구에도 지도와 같은 단서들이 제공된다. 한반도에 흩어져 있는 보물에 대한 기사들, 보물선에 대한 역사적 기록들, 나침반을 대신하는 태블릿PC, 탐색 일지……. 사람들은 이것들을 배낭에 짊어지고 보물섬 탐험을 떠난다. 돈스코이호의 침몰을 지켜본 울릉도, 러일전쟁 승전탑이 있는 거제시 취도, 일제 육군 대장 야마시타 도모유키山下奉文, 1885~1946가 숨겨놓은 금괴가 있다는 부산 문현동과 중죽도, 제주의 산천단……. 하지만 사진 어디에서도 보물은커녕 그 흔적조차 찾을 수 없다.

전쟁의 상흔들만이 지워지지 않은 채 세월을 견뎌내고 있는 풍경들이 펼쳐진다. 일제 58군 사령부가 주둔했던 제주도 산천단을 찾았던 김신욱은 이전에 관광하

〈중죽도〉, 2023년.

ⓒ 김신욱

러 방문했을 때와는 다른 장소성을 느꼈다. 김신욱은
작가 노트에 적는다.

"이 비극을 어떻게 이해해야 할지, 이 모든 인과관계
가 시간이 지나서 단지 보물과 숨겨진 금괴 등으로 단
순화되어 세간의 호기심을 자극하는 현실이……."

같은 공간에서 우리가 느끼는 감정은 저마다 다르다.
인문지리학자 이 푸 투안Yi-Fu Tuan은 "공간에 우리의 경
험과 삶, 애착이 녹아들 때 그곳은 장소가 된다"고 했다.
공간space의 개념과는 다른 '장소place성'인데, 김신욱이
지속적으로 사진에 담고자 했던 내용이다. 그가 주목했
던 장소들은 이음새가 어긋난 경계의 지점들이다.

사진 연작 '경계지Edgeland'에 등장하는 경기도 파주
초평도는 지리적으로는 임진강 남북의 중간에 있는 작
은 섬이며, 정치적으로는 남한과 북한의 경계에 있는
민통선 지역이다. '보물섬: 출몰하는 유령들'에 등장하
는 섬이라는 공간도 육지와 바다의 모호한 경계가 되는
작은 장소다. '경계지'에서 시간은 종종 이음새가 어긋
나 있다. 충분한 애도가 없었기에 시간은 더는 앞으로
흐르지 못했던 것이다. 어긋난 시간의 틈새는 때로는
소란하다. 김신욱이 찾아다녔던 보물섬에는 역사의 비
극과 금괴를 둘러싼 풍문이 아귀다툼을 벌이고 있었다.

'보물섬: 출몰하는 유령들'의 본막에 등장하는 사

진들은 그러나 고요하다. 전작 '나이트 워치The Night Watch'에서 느껴지는 심령주의적 분위기도 흐르지 않는다. 보물섬 사진들은 배우들의 등장을 기다리는 희곡의 무대처럼 보인다. 김신욱은 사람들에게 사진의 무대에 오를 것을 제안한다. "역사의 한 종언의 무대를 마련하기" 위해 '유령론'을 제안했던 자크 데리다처럼 말이다. 보물섬의 무대에 오른 관객들은 햄릿처럼 독백을 되뇔 수도 있고, 데리다처럼 유령을 부르는 축문을 외울 수도 있다. 데리다는 셰익스피어의 희곡 『아테네의 타이먼Timon of Athens』의 한 대사를 읊는다.

"이만큼 황금이 있으면 만들 수가 있지. 흑을 백으로, 못난 것을 아름답게, 부정을 바르게. 비천을 귀하게, 늙음을 젊게, 비겁을 용기로……. 이 노란 노예는……. 늙은 문둥이를 숭배하게 하리니……."

축문이 끝나자 서서히 나타나는 보물선의 유령들. 나는 보물섬의 무대에 올라 유령의 면갑을 벗긴다. 그러나 면갑 너머에는 아무것도 없다. 사실 우리는 이미 답을 알고 있다. 밑도 끝도 없이 보이지 않는 그것이 바로 욕망이라는 것을. 욕망에 다가설수록 또 다른 욕망이 물밀듯이 밀려온다. 그렇게 욕망의 유령은 올 것이다. 늦지 않게 올 것이다. 아무리 늦더라도 올 것이다!

호모 포토쿠스, 사진의 경계를 지우다

(+)

황규태의 사진

사진을 찍는 인간

'호모'로 시작되는 인간에 대한 작명은 다양하다. 생각하는 인간 '호모 사피엔스', 도구를 사용하는 '호모 파베르', 놀이하는 '호모 루덴스' 등의 고전적 이름들은 지금도 인간에 대한 본질을 적절하게 설명할 수 있을까? 우후죽순 생겨난 신조어들은 복잡한 현대사회의 일면들을 좀더 세밀하게 반영하는 듯하다. 정보화 시대의 인간을 뜻하는 '호모 인포매티쿠스', 디지털 시대의 '호모 디지쿠스', 소비하는 인간 '호모 콘수머스', 플라스틱 없이 살 수 없는 '호모 플라스티쿠스', 스마트폰을 손에 든

'호모 모빌리스', 사진을 찍는 인간 '호모 포토쿠스'.

한국을 대표하는 호모 포토쿠스 4명의 모습이 담긴 사진 한 장이 있다. 1996년 강운구가 서울 인사동의 한 찻집에 있던 3명의 호모 포토쿠스를 찍은 흑백사진이다. 한정식, 김기찬, 황규태가 창밖을 바라보는 장면이다. 사진을 찍은 이는 찻집 유리에 반사된 실루엣으로 등장한다. 앞에 두 사람은 세상을 떠났다. 강운구는 "시간은 시계 속에 그대로이고 사람들은 지나갔다"며 그의 사진집 『사람의 그때』에 아쉬움을 적었다.

강운구가 동명의 사진전을 열었던 부산의 고은사진미술관에서 2년 후 황규태가 사진을 걸었다. 황규태의 회고전 '사진에 반-하다'(2023)는 1960년대의 '흑백 스트레이트' 사진에서 시작해 사진의 경계를 넘어서는 최근 작품들을 펼쳐놓았다. '반-하다'의 '반'은 사진이라는 매체에 반대한다는 의미를 담고 있다. 물론, 사진에 홀딱 반했다는 뜻도 품고 있다. 황규태의 표현은 이렇다. "사진의 모든 것이 사진이고 모든 것이 사진이 아니다. 복사기도 스캐너도 모두 카메라이다." 첫 문장은 알쏭달쏭하다. 그러나 두 번째 문장은 그가 아무래도 우리가 생각하는 통념과 다른 사진을 추구한다는 점을 확실히 알 수 있게 한다.

사진에 대한 정의는 그리 간단하지 않다. 우리는 대

⟨Blow up⟩.
ⓒ 황규태

개 사진의 기원을 프랑스의 루이 자크 망데 다게르가 1839년에 발명했다고 선언한 사진술에서 찾는다. 요오드 용액을 이용한 은도금 동판에 상을 맺히게 하는 은판 사진술로 '다게레오타이프daguerréotype'로 불린다. 하지만 당시의 사진술은 다게레오타이프뿐만 아니라 다양한 타입이 존재했다. 그와 같은 나라에 살았던 이폴리트 바야르와 영국의 윌리엄 헨리 폭스 탤벗William Henry Fox Talbot, 1800~1877은 종이를 이용한 '칼로타이프 collotype'를 발명했다.

다게르의 사진술도 독자적인 발명은 아니었다. 그는 역청瀝青을 바른 백랍판을 이용해 1826년 무렵 창밖 풍경을 찍은 발명가 조제프 니세포르 니엡스Joseph Nicéphore Niépce, 1765~1833의 사진술을 참고했다. 이들 이외에도 감광성 표면 위에 이미지를 정착시키려는 사진술을 고민했던 사람은 많았다. 1790년부터 1839년까지 24명에 달했는데,『사진의 고고학』을 쓴 미술사가 제프리 배천Geoffrey Batchen은 이들을 '원시 사진가'로 부른다. 그의 조사에 따르면 사진술의 기원은 특정할 수 없다. 다만 비슷한 시기에 사진을 향한 욕망이 여기저기서 출현했다는 점을 확인할 수 있을 뿐이다.

복사기도 스캐너도 카메라다

사진의 정체성도 합의가 도출된 것은 아니다. 빅터 버긴 Victor Burgin, 존 탁John Tagg 등 포스트모던 비평가들의 주장이다. 이들은 "의미는 맥락에 의해 결정되므로 사진 자체라고 할 만한 정체성은 없다"는 결론을 내렸다. 사진은 미술관에 걸리면 예술이 되고, 과학자의 진리를 뒷받침하고, 범죄의 증거가 되며, 사건의 진실을 파헤치는 보도사진이 된다. 따라서 그들은 '사진이 아니라 사진들'을 거론할 수 있을 뿐이라고 말한다.

　　황규태의 사진은 이러한 맥락에서 포스트모던하다고 할 수 있다. 황규태는 "복사기도 스캐너도 모두 카메라"라고 말했다. 묵직한 독일 카메라로 찍어야만 작품 사진인 것은 아니다. 그는 빛에 반응하는 이미지를 움켜잡으려는 모든 장치를 활용한다. 디지털 사진이 '과연 사진인가?'라는 논란도 있었다. 하지만 디지털 사진 역시 사진의 맥락에 자리 잡을 수 있다. 필름 대신 센서에 닿은 빛에 대한 반응을 디지털 정보로 받아들였기 때문이다. 게다가 우리는 인화된 사진조차도 디지털로 스캔하고 복원해 스마트 기기를 통해 바라보는 호모 디지쿠스가 아니던가?

　　호모 포토쿠스의 본격적인 삶은 1960년대에 시작되

⟨Black and White⟩.
ⓒ 황규태

었다. 1963년 경향신문사 사진기자가 된다. 이형록, 전몽각 등 걸출한 사진가들이 활동했던 현대사진연구회에도 몸담았다. 이 시절 남겨놓은 흑백사진 중에는 초현실적인 장면이 많다. 가장 대표적인 사진이 검정 원피스를 입은 여인을 찍은 〈흑백Black and White〉이다. 그녀의 허벅지와 오른손은 프레임 밖으로 잘려나갔다. 구도가 역동적이다. 초점은 흐리다. 앵글은 다소 높다. 그래서 우리는 그녀의 얼굴을 볼 수 없다. 무릎을 구부리며 수줍게 인사하는 장면이라고 상상해보지만, 꼭 그렇지도 않은 것 같다. 궁금증은 풀리지 않는다. 어떤 내용이었는지 떠오르지 않고 오로지 한 장면만 기억에 남아 있는 꿈속의 찰나 같은 느낌이랄까? 짝사랑에 빠진 사내의 개운치 않은 백일몽의 한 장면 말이다.

아메리칸 드림을 찾아 나섰던 것일까? 1965년 황규태는 미국으로 건너간다. 호모 포토쿠스의 정체성은 타국에서도 변하지 않았다. 컬러사진 현상소에서 돈을 벌었다. 기술자로 안주하기에는 호기심이 너무 강했다. 그의 머릿속에는 실험 정신으로 가득 찬 테라tera급 바이오칩이 심어져 있었기 때문이다. 황규태는 사진과의 놀이를 시작했다. 필름을 태우고, 오리고, 붙이고, 겹치고, 합성하고, 확대하고…… . 정통 사진을 고수하는 사람들 눈에는 불경스러운 짓이었지만, 그를 옹호하는 사

람들은 전위적이라며 '아방가르드'라는 예술 용어를 헌
사했다.

우주의 모든 것이 담겨 있다

버노그래피Burnography. 필름을 태워burn 만든 사진
photography이라고 작명한 황규태의 사진술이다. 그가
원조는 아니었다. 1930년대 초현실주의 화가 라울 위
박Raoul Ubac, 1910~1985이 처음으로 흑백필름을 태웠다
고 알려졌다. 하지만 황규태의 필름은 컬러였다. 컬러
에서는 그가 원조라지만, 이제 기원이나 원조에 관한
이야기는 그만하자. 앞서 말했듯이 사진의 의미는 맥락
에 의해 결정된다.

〈녹아내리는 태양Melting the Sun〉은 태양을 찍은 필름
에 열을 가해 뒤틀린 이미지를 인화한 사진이다. 두 가
지 해석이 가능하다. 사진을 가능하게 하는 빛의 근원인
태양을 불태운다는 아티스트로서 실험 정신과 지구 온
난화에 대한 우려감이다. 이즈음 그는 맥락이 다른 사진
들을 합성한 몽타주 작품들도 내놓았다. 핵무기의 위험
성과 문명 비판적인 메시지가 담긴 포토몽타주였다.

〈블로 업Blow Up〉. 이것은 사진술이라기보다는 극단
적인 크로핑 작업이라 할 수 있다. 초기 흑백사진들의

⟨Burnography, Melting the Sun⟩.
ⓒ 황규태

〈Pixel, Repetition and Difference - Gilles Deleuze〉.

© 황규태

세부를 2000년대에 확대한blow up 작품들이다. 부인하는 작가들도 있지만, 사진가는 자신이 찍는 장면을 완벽하게 파악하며 셔터를 누르는 것은 아니다. 화가는 '장님'이라고 프랑스의 철학자 자크 데리다는 이야기했다. 그려야 할 대상을 바라보던 화가는 캔버스 위에 실제로 그림을 그리는 그 순간만큼은 실재의 대상을 바라보지 못하기 때문이다.

이는 사진에도 해당한다. 뷰파인더를 통해 피사체를 바라보던 사진가는 셔터를 누르는 순간에 셔터막이 닫히기에 피사체를 볼 수 없게 된다. 아주 짧은 찰나이기에 사진가들은 이를 체감하지 못할 뿐이다. 황규태는 자기가 찍어놓고 몰랐던 사진의 부분들을 극단적으로 확대한다. 결과물은 그의 초기 흑백사진과 마찬가지로 초현실적이다. 상체가 잘려나간 한 여인의 걷는 모습은 오싹한 느낌이다. 한마디로 악몽이다.

사진의 세부를 현미경처럼 들여다보려는 욕망은 오래되었다. 발터 베냐민과 함께 '원시 사진비평가'라 부를 수 있는 지크프리트 크라카우어는 1927년 독일 신문에 실린 영화 스타의 사진을 보며 다음과 같이 썼다.

"돋보기를 대고 들여다보면 그녀, 곡선, 호텔이 수백만 개의 작은 망점과 그리드로 이루어졌음을 알 수 있다. 하지만 이 이미지는 망점들의 모자이크가 아닌 리도Lido(이탈리아 베네치아의 섬)의 살아 있는 스타다."

황규태가 들여다본 것은 신문 사진이 아니라 TV 화면이었다. 루페loupe(확대경)를 통해 확대된 모니터의 세부는 반복되는 사각 무늬였다. 그는 모니터를 접사해 찍고, 그 결과물을 또 접사해 찍는 작업을 반복했다. 이렇게 확대를 반복한 끝에 목격한 픽셀Pixel의 어떤 이미지는 자기 머릿속에 심어진 바이오칩과 닮은꼴이었다.

〈반복과 차이Repetition and Difference〉. 프랑스의 철학자 질 들뢰즈Gilles Deleuze, 1925~1995의 말을 차용한 픽셀 사진의 제목이다. 차이는 반복을 통해 얻어지는 감각이라는 것인데, 기존의 사전적 단어 풀이로는 쉽게 이해할 수 없는 현대 철학의 논리다. 반복되는데 어떻게 달라진단 말인가? 하지만 황규태의 픽셀 시리즈 사진을 본다면 들뢰즈의 사유를 짐작하게 한다. 힐끗 쳐다본다면 황규태의 픽셀 사진은 반도체 형태가 동일하게 반복되는 것처럼 보인다. 하지만 꼼꼼히 들여다보면 반복되는 패턴에서 서로 다른 세부 형태들을 발견하게 된다. 단 한 번이라도 반복되지 않는다면 어떻게 될까? 단 하나의 이미지로서는 비교될 대상이 없기에 동일성이나 차이점도 따져볼 수 없다. 그래서 차이는 반복되어야 생성될 수 있는 것이다.

세부와 전체의 관계는 어떨까? 지크프리트 크라카

우어는 '작은 망점들의 전체는 모자이크의 합이 아니라 살아 있는 여배우의 얼굴'이라고 했다. 그에게 세부는 전체를 위해 존재하는 것이다. 하지만 황규태가 발견한 사진의 세계는 다르다. 이미지의 기본 단위인 픽셀이 그 자체로 하나의 형태로 나타난다. 반복되는 픽셀의 집합은 우연히 '하트Heart' 모양이 되고, '육각형 색상 코드 그러데이션'이 되며, 셜록 홈즈Sherlock Holmes 머리 모양이 된다. 황규태는 셜록 홈즈의 실루엣으로 나타난 픽셀 사진을 '게슈탈트Gestalt'라고 이름을 붙였는데, 부분과 전체의 형태에 대한 감각을 뜻하는 독일어다.

황규태를 찾아가 그의 근황을 물었다. 허리가 고장이 나서 치료를 받고 있다고 했다. 온종일 컴퓨터를 들여다본 결과였다. 그의 작업실에는 컴퓨터는 있지만, 카메라는 없단다. 그래서 20여 년 전, 그가 그렇게 말했던 거였다. 복사기도 스캐너도 모두 카메라라고. 요즘은 스마트폰으로 밤하늘의 별도 찍을 수 있는 세상이 아니던가. 무엇을 어떻게 찍느냐도 중요하지만, 도처에 넘쳐나는 사진들을 어떻게 바라보는지가 더 중요할 수 있다. 누군가 무심히 찍은 단 한 장의 사진 속에 우주의 모든 것이 담겨 있을지도 모르는 일이기 때문이다. 황규태라는 이름의 호모 포토쿠스는 그렇게 사진의 우주를 탐사하고 있다.

참고문헌

강운구, 『강운구 마을 삼부작: 황골 용대리 수분리』, 열화당, 2001년.

──, 『강운구 사진론』, 열화당, 2015년.

──, 『사람의 그때』, 고은문화재단, 2021년.

──, 『우연 또는 필연』, 열화당, 2008년.

강홍구, 『디카를 들고 어슬렁』, 마로니에북스, 2006년.

──, 『은평뉴타운의 기억 "집 꽃 마을…"』, 은평역사한옥박물관, 2021년.

김근원, 『산의 기억』, 열화당, 2021년.

김동현, 『천일의 수도, 부산』, 새로운사람들, 2022년.

김수영, 이영준 엮음, 『김수영 전집 1: 시』, 민음사, 2018년.

김승구·손창안, 『Camera Work 37』, 가현문화재단, 2023년.

김승옥, 『서울, 1964년 겨울: 김승옥 중단편선』, 문학과지성사, 2019년.

김신욱, 『보물섬: 출몰하는 유령들』, 가현문화재단, 2023년.

레지스 드브레, 정진국 옮김, 『이미지의 삶과 죽음』, 시각과언어, 1994년.

로버트 루이스 스티븐슨, 김영선 옮김, 『보물섬』, 시공주니어, 2006년.

롤랑 바르트, 이화여자대학교 기호학연구소 옮김, 『현대의 신화』, 동문선, 2002년.

미셸 푸코, 김부용 옮김, 『광기의 역사』, 인간사랑, 1999년.

──, 이상길 옮김, 『헤테로토피아』, 문학과지성사, 2014년.

박노해, 『나 거기에 그들처럼』, 느린걸음, 2018년.

──, 『라 광야(Ra Wildrness)』, 느린걸음, 2010년.

──, 『올리브나무 아래』, 느린걸음, 2023년.

박종우, 『부산 이바구』, 고은문화재단, 2022년.

박해천, 『콘크리트 유토피아』, 자음과모음, 2011년.

발터 벤야민, 김영옥·윤미애·최성만 옮김, 『일방통행로 사유 이미지』, 길, 2007년.

─────, 반성완 옮김, 『발터 벤야민의 문예이론』, 민음사, 2002년.

─────, 윤미애 옮김, 『1900년경 베를린의 유년 시절, 베를린 연대기』, 길, 2007년.

─────, 최성만 옮김, 『기술복제시대의 예술 작품, 사진의 작은 역사 외』, 길, 2007년.

빌렘 플루서, 윤종석 옮김, 『사진의 철학을 위하여』, 커뮤니케이션북스, 1999년.

알랭 바디우, 박성훈 옮김, 『검은색』, 민음사, 2020년.

알베르 카뮈, 김화영 옮김, 『페스트』, 민음사, 2011년.

울리히 뷔스트, 『도시 산책자: 울리히 뷔스트의 사진』, 고은문화재단, 2023년.

원희복, 『보물선 돈스코이호 쫓는 권력 재벌 탐사가』, 공명, 2015년.

윌리엄 셰익스피어, 송원문 옮김, 『아테네의 타이먼』, 동인, 2015년.

─────, 최종철 옮김, 『리어 왕』, 민음사, 2005년.

윌리엄 칼로스 윌리엄스, 정은귀 옮김, 『패터슨』, 민음사, 2021년.

이 푸 투안, 윤영호·김미선 옮김, 『공간과 장소』, 사이, 2020년.

이정진, 『Unnamed Road』, 고은문화재단, 2023년.

이청준, 『가해자의 얼굴: 이청준 중단편선』, 문학과지성사, 2019년.

자크 데리다, 진태원 옮김, 『마르크스의 유령들』, 그린비, 2014년.

전몽각, 『윤미네 집』, 포토넷, 2010년.

제로니모, 최준석 옮김, 『제로니모 자서전』, 우물이있는집, 2004년.

제바스티안 브란트, 노성두 옮김, 『바보배』, 읻다, 2016년.

제임스 귀몬드, 김성민 옮김, 『미국 사진과 아메리칸 드림』, 눈빛, 2018년.

제프 다이어, 김유진 옮김, 『인간과 사진』, 을유문화사, 2022년.

제프리 배첸, 김인 옮김, 『사진의 고고학』, 이매진, 2006년.

조춘만, 『조춘만의 중공업』, 워크룸프레스, 2014년.

———, 『타운스케이프(Townscape)』, 2002년.

조춘만·이영준, 『Völklingen 산업의 자연사』, 사월의눈, 2018년.

주명덕, 『서울 주명덕』, 한미사진미술관, 2020년.

———, 『섞여진 이름들·주명덕 사진집』, 시각, 2015년.

지그프리트 크라카우어, 김남시 옮김, 『과거의 문턱: 사진에 관한 에세이』, 열화당, 2022년.

진동선, 『사진예술의 풍경들』, 중앙북스, 2013년.

체 게바라, 김홍락 옮김, 『체 게바라의 볼리비아 일기』, 학고재, 2011년.

최인호, 『가족 뒷모습』, 샘터, 2009년.

———, 『가족 앞모습』, 샘터, 2009년.

———, 『신혼일기』, 샘터, 1984년.

토머스 모어, 류경희 옮김, 『유토피아』, 펭귄클래식코리아, 2008년.

프랜시스 스콧 피츠제럴드, 박찬원 옮김, 『아가씨와 철학자』, 펭귄 클래식코리아, 2009년.

한병철, 전대호 옮김, 『리추얼의 종말』, 김영사, 2021년.

허먼 멜빌, 김석희 옮김, 『모비 딕』, 작가정신, 2019년.

황규태·이영준, 『황규태 Hwang Gyu-Tae』, 열화당, 2005년.

timsmithphotography.ca

www.medium.com

당신이 뉴욕에 산다면
멋질 거예요
ⓒ 김창길, 2025

초판 1쇄   2025년 3월 20일 찍음
초판 1쇄   2025년 3월 28일 펴냄

지은이   김창길
편집   박상문
디자인   최강
독자 모니터링 박우주

인쇄   삼신문화
제본   신우제책사
종이   올댓페이퍼
물류   해피데이

펴낸곳   이글루
출판등록   제2024-000100호 (2024년 5월 16일)
이메일   igloobooks@naver.com

ISBN   979-11-987884-4-3 03810